DA QUESTO MOMENTO

Windswept Bay: Volume Uno

DEBRA CLOPTON

Da questo momento

Ferita da un matrimonio fallito e dall'infrangersi dei suoi sogni, Cali Sinclair torna a casa a Windswept Bay col cuore colmo di sospetto e chiuso all'idea di quel vero amore che un tempo desiderava disperatamente. Decisa a non mettere mai più a rischio i propri sentimenti, si getta a capofitto nella conduzione del piccolo boutique resort della sua famiglia sulla costa della Florida, un luogo così romantico da ricordarle ogni giorno tutto ciò che non avrà mai. Ma quando, un giorno, il famoso artista Grant Ellington si presenta per dipingere un murale su una parete del resort, Cali viene colta alla sprovvista dalla sua violenta reazione all'artista. All'improvviso, ogni volta che lui la guarda, Cali trova più difficile di quanto avrebbe creduto possibile proteggere il proprio cuore.

Grant Ellington ama il suo ranch, i suoi cavalli e la sua vita di artista famoso. Ma dopo essere sopravvissuto a un incidente aereo che ha ucciso il suo migliore amico e il loro giovane pilota, è ancora afflitto dalla sindrome del sopravvissuto quando parte alla volta di Windswept Bay. Dipingere un murale marittimo al resort doveva essere, in origine, un favore fatto a un vicino, ma basta un incontro con la bella Cali perché Grant si senta di nuovo vivo… e deciso a trascorrere del tempo sulle spiagge baciate dalla luna con lei tra le braccia…

Ma, come lui, anche Cali si porta dentro delle cicatrici. Riusciranno i due a dare fiducia all'amore che scoppietta tra di loro e a ricominciare da questo momento?

CAPITOLO UNO

La turbolenza faceva tremare al tempo stesso l'aereo e i nervi di Grant Ellington. Affondando le dita nel bracciolo del sedile, Grant fissò fuori dal finestrino e si concentrò sull'acqua color topazio sotto di loro mentre cercava di ignorare il battito martellante del suo cuore. Il che non era facile, considerato che quello era il suo primo volo dopo essere sopravvissuto a un incidente aereo sei mesi prima. Un incidente dal quale lui era uscito vivo e due altri uomini no. Due bravi uomini.

Grant appoggiò la testa al sedile e chiuse gli occhi.

Gli doleva il cuore. Aveva perso il suo miglior amico, David, quel giorno, e la giovane moglie del pilota dell'aereo a noleggio aveva perso il marito. Entrambi gli uomini erano stati brave persone ed erano morti, mentre Grant se l'era cavata quasi senza un graffio.

Era difficile per lui capirlo. Difficile capire perché lui fosse sopravvissuto e loro no.

Il 747 sballottato dalla turbolenza piegò il muso verso il basso. La bocca di Grant si asciugò quando il ricordo del fulmine che aveva colpito il piccolo aereo preso a nolo mentre si apprestava all'atterraggio esplose in un flashback; ancora non aveva superato l'esperienza e non sapeva se ci sarebbe mai riuscito.

Sei infiniti mesi ed era ancora intorpidito e frastornato dalla perdita degli altri due passeggeri. Le loro morti lo tormentavano a ogni momento del giorno e per la maggior parte delle sue notti insonni.

All'improvviso, l'enorme 747 ebbe un violento sobbalzo e il cuore di Grant andò a schiantarsi contro le costole. "Ci mancava pure questo," borbottò. Fissò fuori dal finestrino di prima classe mentre il paesaggio su cui volava l'aereo passava dall'acqua blu alla terra e dita gelide gli laceravano le interiora. "Dov'è la *stramaledetta* pista di atterraggio?" ringhiò.

"Va tutto bene, caro."

Il dolce, frusciante accento del Sud lo colse alla sprovvista. Si voltò e vide un'anziana, minuscola signora nel sedile accanto a lui, sveglia, che gli sorrideva con aria gentile. Aveva trascorso il viaggio a russare pacifica. Ora gli aveva appoggiato una mano fragile sul polso e gli stava accarezzando con dita calde la pelle umidiccia. Grant la guardò perplesso; era sicuro di avere l'aria di un cervo immobilizzato davanti alla luce dei fari di un'auto. Ordinò al suo cuore di smettere di correre all'impazzata e all'attacco di panico di cessare. Col senno di poi, rimpiangeva di non aver comprato anche il biglietto per il posto accanto, in modo da evitare di avere testimoni della sua crisi isterica.

Ma no, l'anziana lo osservava con occhi gentili… o, più probabilmente, colmi di compassione.

Lui detestava la compassione.

La situazione era particolarmente umiliante: il precedente russare della donna aveva indicato che non fosse minimamente in ansia per il viaggio.

L'anziana continuò ad accarezzargli con le dita la pelle umida. "Lei suda come un impianto di irrigazione. Ho una sorella che ha paura di volare; per lei è lo stesso. Quando arriviamo alla fine del viaggio, bisognerebbe strizzarla."

Grant ebbe compassione dell'altra donna, a cui toccava viaggiare accanto all'imperturbabile sorella. Si massaggiò le rughe tra gli occhi. Non importava che lui fosse sopravvissuto a un disastro; il fatto che l'anziana sapesse che era terrorizzato era comunque demoralizzante.

La donna sporse il viso verso di lui; nella direzione di Grant giunse un vago profumo di gardenie. "Personalmente, volare non mi dà fastidio, ma ho sempre detestato l'atterraggio, per cui non si senta in imbarazzo," disse, come se gli avesse letto nel pensiero. "A ogni modo, dico le mie preghiere ogni volta che il pilota chiede di prepararci all'atterraggio, dopodiché mi affido a Dio. È un toccasana *meraviglioso* per i nervi."

Grant strinse gli occhi. Evitò di farle notare che la

signora aveva dormito quando il pilota aveva annunciato di prepararsi all'atterraggio e che, di conseguenza, questa volta non aveva detto le sue preghiere. L'aereo tremò e subito la mano dell'anziana, dalla presa sorprendentemente salda, afferrò l'avambraccio di Grant e lo strinse. Lui fissò lo sguardo negli occhi della donna.

Lei sorrise e passò la mano sui muscoli tesi di Grant. "Non mi vergogno a dire che mi sento meglio sapendo che anche un uomo grande e forte come lei ha paura degli atterraggi." Lo guardò con aria innocente da dietro gli occhiali. "Anche mia sorella si sentirà meglio sapendolo."

"Grazie." *Credo.* Grant fece una smorfia che somigliava a un sorriso e si disse che, certamente, l'anziana aveva cercato di farlo sentire meglio, *non* peggio rispetto a cinque minuti prima.

"Oh, il piacere è *tutto* mio." La mano dell'anziana si spostò sul bicipite di Grant e i suoi occhi si sgranarono. "Le sue braccia sembrano tronchi d'albero," disse con una pronuncia strascicata che diede uno strano suono alla parola 'albero.' "Lavora per caso in un ranch?"

Come faceva a saperlo? "Diciamo così," riuscì a rispondere Grant nonostante il groppo alla gola, lieto di essere riuscito a usare un tono di voce normale. In verità, sebbene possedesse un piccolo ranch, lui aveva dato in affitto i suoi pascoli al suo vicino, Cam Sinclair, dandogli modo di portare il bestiame nelle sue terre. Era un accordo vantaggioso per entrambi, perché Grant era troppo impegnato con la sua arte e i suoi viaggi per allevare del bestiame e occuparsi di persona della terra. O perlomeno, era stato troppo impegnato coi suoi viaggi prima dell'incidente. Da allora non aveva più dipinto o viaggiato.

E avrebbe continuato a non farlo se non fosse stato per Cam. Era in debito con lui e pagava sempre i suoi debiti... ma quello in particolare sarebbe stato ripagato completamente entro breve.

"Ho sempre amato gli uomini con gli stivali e i jeans." La donna strizzò con forza i muscoli tesi di Grant e tubò: "Santo cielo, che roba. Se mia nipote non fosse già sposata, le chiederei il suo numero per darlo lei. Ah... se avessi trent'anni di meno, lo chiederei per me."

Grant fissò la vecchietta, non sapendo esattamente se e come rispondere. Cominciò a venirgli un mal di testa pulsante mentre cercava di trovare il modo per liberare il braccio dalle grinfie della vecchietta.

Guardò fuori dal finestrino proprio mentre l'aereo toccava terra. Poi tornò a fissare la donna, che aveva un'aria molto soddisfatta, mentre le ruote toccavano la pista.

La vecchietta ammiccò. "Eccoci qua. Sani e salvi." Gli diede un ultimo colpetto al braccio prima di posare con calma le mani in grembo. "Spero che sia venuto qui per godersi il clima piacevole e le splendide acque che abbiamo sulla costa."

Grant reagì ancora un po' in ritardo, la tensione nel suo corpo che si allentava nell'appoggiarsi allo schienale mentre l'aereo si dirigeva verso il piccolo terminal dell'aeroporto. "Lo spero. Sono diretto oltre il ponte, a Windswept Bay.

"È davvero una splendida zona. Sotto molti aspetti, è come se il tempo laggiù si fosse fermato, ed è molto meno commerciale di St. Pete's. Mia nipote si sposerà lì il mese prossimo, in un bellissimo piccolo resort. È lì che soggiornerà lei?"

"Sì, signora."

"Ho sentito dire che quel famoso pittore di paesaggi marittimi verrà a realizzare uno o due dei suoi bei murali su quelle pareti. Non ricordo come si chiama, ma le sue opere sono incredibili. Faranno davvero spiccare quel semplice resort."

Grant si trattenne appena in tempo dal ringraziare… perché il pittore a cui la donna si riferiva era lui. Non essendo particolarmente incline a rivelare la propria identità alla vecchietta che lo aveva appena visto sudare come un maiale durante l'atterraggio, tenne quell'informazione per sé.

Venti minuti dopo, recuperata la sua attrezzatura, si lasciò cadere sul sedile posteriore della berlina inviata dal resort per venire a prenderlo e, finalmente, si rilassò mentre il veicolo percorreva l'autostrada e, infine, oltrepassava il piccolo ponte che conduceva a Windswept Bay.

Appoggiò la testa al sedile e fissò il tettuccio. Aveva compiuto il primo passo.

DA QUESTO MOMENTO

Ora doveva solo convincersi a dipingere.

Dalle scogliere di Lookout Point, Cali Sinclair inalò il profumo salmastro dell'aria mentre faceva una pausa nella sua corsa mattutina per godersi quella splendida visuale dall'alto. Le acque azzurre della baia si estendevano sotto di lei e, in lontananza, Cali vide due delfini balzare fuori dall'acqua scintillante in una scena assolutamente perfetta. Tutta quella bellezza le toccò il cuore.

Era bello essere di nuovo alla baia.

Cali era a casa e non si sarebbe mai più lasciata convincere ad andarsene.

Quando controllò l'orologio, si rese conto di essersi soffermata più a lungo di quanto avrebbe voluto. Iniziò a scendere lungo il sentiero dissestato mentre lottava contro il nervosismo che aveva sperato di placare con la corsa. Ma no, le paturnie erano ancora lì, come il tonno lasciato il giorno prima sul piano della cucina: totalmente e assolutamente irresistibili. Sì, era nervosa e, nonostante tutto ciò che si era detta, sapeva che la causa era il fatto che mancava meno di un'ora al suo primo incontro con Grant Ellington.

Grant Ellington.

Chi non sarebbe stato nervoso?

L'arte di quell'uomo era incredibile. E lui – quell'artista così straordinario, così famoso – stava venendo lì a dipingere il resort. Cali ancora non riusciva a credere che un artista di tale calibro avrebbe realizzato il suo sogno creando tre murali sulla loro proprietà. E quei murali avrebbero fatto per sempre parte del suo impressionante portfolio. Era... era... inimmaginabile.

Era incredibile.

Da anni Cali si lasciava commuovere dalle opere di Ellington, e sebbene non avesse mai sognato che sarebbe stato possibile ingaggiarlo, erano state le sue opere a suscitare in lei il desiderio di aggiungere dei murali raffiguranti animali marini o, come avrebbe detto qualcuno, 'vita marina', al resort. No, non le era mai passato nemmeno per l'anticamera del cervello che il resort avrebbe avuto delle opere originali di Grant Ellington a impreziosirne i muri.

Certo, l'artista era vicino di suo fratello maggiore nel Texas, ma un'idea del genere non le era mai nemmeno passata per la mente. Tanto per cominciare, loro non potevano permettersi di commissionargli un'opera. Per cui, quando Cam l'aveva chiamata per darle la notizia, Cali era rimasta di stucco. Non aveva la minima idea di come avesse fatto suo fratello a compiere quell'impresa impossibile. Rientrando nei limiti nel budget stabilito da lei e dalle sue sorelle, per di più.

E così, presto Grant Ellington sarebbe arrivato lì. La mente di Cali era un turbine di cose da fare prima di incontrarlo. Mentre entrava nell'edificio, si distrasse organizzandole in un elenco:

Fare la doccia e cambiarsi.

Rivedere le idee per i murali che voleva sui due, forse tre muri.

Mangiare una barretta di cioccolato per, si sperava, calmare i nervi. Ma no, probabilmente non c'era tempo per quello, pensò controllando l'ora mentre girava l'angolo e andava a sbattere contro un petto maschile decisamente muscoloso. "Umpf," grugnì. Indietreggiò barcollando e si ritrovò a fissare a bocca aperta gli occhi di un blu profondo e il viso abbronzato di Grant Ellington.

Il *signor Stranamore*, come l'aveva soprannominato sua sorella Shar per via dei suoi riccioli scuri alla Patrick Dempsey, il viso snello e gli occhi dallo sguardo intenso. Le si mozzò il fiato; Ellington era ancora più bello di quanto apparisse in fotografia. E lo sguardo che egli fissò nei suoi occhi era intenso come zaffiri illuminati dal fuoco.

Un paio di mani forti si strinsero sulle braccia di Cali, offrendole un sostegno fisico, ma scombinandole completamente i pensieri.

"Chiedo scusa; va tutto bene?" Nella voce profonda dell'uomo risuonavano premura e stupore.

"Scusi. Mi dispiace, signor Ellington," rispose un attimo dopo Cali. "Va tutto bene. Ero di fretta, ma non volevo andare a sbatterle addosso. Stavo andando a fare una doccia e a prepararmi per il nostro incontro." *Santo cielo, stava farfugliando come una squinternata.*

L'uomo sorrise senza il minimo imbarazzo. "Va tutto bene, Cali. Tutto a posto."

Era così bello… Lei cercò di non fissarlo. "Come fa a sapere chi sono?"

"Grazie alle foto." Le labbra di Ellington si curvarono verso l'alto. La lasciò andare, esitando come per accertarsi che Cali non sarebbe caduta.

"Oh," fu tutto quello che le uscì di bocca. Nonostante l'uomo avesse mollato la presa, la sensazione delle sue mani sulla pelle rimase in lei mentre il formicolio provocato dal contatto continuava a irradiarsi attraverso il suo corpo, disarmandola.

"E per favore, chiamami Grant. O preferisci che ci diamo del lei e che ti chiami 'signorina Sinclair'?"

"Certo che no. Grant va bene."

"Ottimo. Quando sento dire 'signor Ellington', penso sempre che qualcuno stia cercando mio padre." Grant si passò una mano tra i capelli scuri e ondulati, tagliati corti, e Cali avvertì un certo prurito alle mani.

Affari. Doveva pensare agli affari, *non* al formicolio. Si schiarì la voce. "Di quali foto stavi parlando?"

"Cam ha parecchie foto di famiglia appese alle pareti del suo ranch."

"Ah, giusto. Il check-in è andato bene?"

"Benissimo. Stavo per andare a fare una passeggiata per la proprietà, in modo da farmi un'idea dell'ambiente circostante. Sarei felicissimo se tu potessi venire con me."

Cali abbassò lo sguardo sull'abbigliamento sportivo che indossava. "Sono appena tornata da una corsa. Devo proprio cambiarmi."

"A me sembri perfetta. Non devi cambiarti per me. Che ne dici? Comodo io, comoda tu."

Grant Ellington indossava una maglietta, dei pantaloncini e un paio di scarpe da barca. Sembrava proprio uno dei turisti che soggiornavano al resort. Un paio di occhiali da sole Oakley se ne stava appoggiato in mezzo ai suoi riccioli scuri. I capelli gli arrivavano al collo e avevano una sfumatura e una consistenza profonde. *Perfetti per passarci le dita in–* Cali arrestò i propri pensieri vagabondi, ricordandosi con fermezza di non avere il minimo interesse a passare le dita nei capelli di quell'uomo o di chiunque altro, al momento. E forse mai più.

Aveva già avuto il suo battesimo del fuoco e non desiderava ripetere l'esperienza.

Nemmeno se l'esperienza in questione era allettante come Grant Ellington. Allora perché stava avendo quel dialogo interiore? Quell'uomo voleva semplicemente dare un'occhiata al resort assieme a lei.

"Quello che hai addosso è perfetto per farmi fare un giro," proseguì Grant quanto lei esitò. "Per realizzare i murali devo prima vedere l'ambiente circostante."

"Ma certo. Scusa." Cali era accaldata e sudata, ma – ricordò a se stessa – non era sua intenzione far colpo su Grant, se non col modo in cui aveva immaginato i murali del resort.

"Fantastico." Grant le passò lo sguardo sul viso, come se ne stesse memorizzando i lineamenti.

Che assurdità. Perché mai avrebbe dovuto fare una cosa del genere? E perché il battito del cuore di

Cali stava saltellando come lapilli che piovevano da una scogliera? Ma soprattutto, come mai non riusciva a distogliere lo sguardo da lui?

All'improvviso, Grant sbatté le palpebre e i suoi occhi misero a fuoco; era come se si fosse appena ripreso da un momentaneo stordimento. Le sorrise con fare quasi esitante. "Allora, da dove cominciamo?"

CAPITOLO DUE

"Ti mostro quello su cui lavorerai." Cali fece strada nella zona principale del piccolo resort, decisa a scrollarsi di dosso la sua reazione da fangirl.

Si concentrò sull'ampio spazio che correva dall'ingresso posteriore del cortile fino alla parte anteriore del resort, dove si trovava la reception. Una serie di posti a sedere colmava il lungo e ampio spazio tra l'ingresso e l'uscita. Una lunga scala a chiocciola di legno scuro e lucido saliva fino al secondo piano, dove si trovavano gli uffici. Vicino alla parte anteriore della lobby c'era un muro alto sei metri sul quale Cali immaginava un'onda oceanica, con sfumature cangianti di acqua blu e azzurra che scintillavano alla luce del sole. Ma sebbene lei riuscisse a visualizzare quell'opera, all'atto pratico le sue capacità di pittrice erano poco più che infantili. Non sapeva nemmeno come si facesse a dipingere un muro.

"Questo è uno degli spazi che spero tu dipingerai." Spostò lo sguardo dalla parete bianca a Grant. L'uomo si appoggiò le mani sui fianchi snelli e studiò per un momento il muro prima di guardarsi attorno.

"Bella stanza. Dov'è il prossimo muro?"

Tutto lì? "Beh, pensavo che avremmo parlato un po' di quello che vorrei qui."

"C'è anche una parete esterna, giusto?"

"Sì, ma su questa vorrei un po' di spiaggia e, soprattutto, un'enorme on–"

"Preferirei vedere tutti gli spazi prima di decidere cosa voglio dipingere. E vorrei farmi un'idea dell'intera serie prima di scendere nel dettaglio delle singole opere."

"Ma io so quello che voglio–"

"Cam non ti ha spiegato che io dipingo solo ciò che mi suggerisce l'ispirazione?"

Cali esitò. "Ecco, no." Le cose non stavano andando come lei aveva immaginato. "Mio fratello ha trascurato di menzionare questo dettaglio. Che io sappia, perlomeno."

Cam non era il tipo da dimenticarsi le cose. Di conseguenza, Cali sapeva che, se aveva omesso quel dettaglio, lo aveva fatto di proposito. Suo fratello sapeva che lei aveva delle idee riguardo alla decorazione di quei muri.

"Non è da lui."

Cali rivolse all'uomo un sorriso sottile. "Già." A meno che non lo avesse fatto apposta. *Cosa aveva in mente suo fratello?*

"Tu sei d'accordo? Dovrai fidarti di me."

No che non era d'accordo. Per niente. Aveva perso l'equilibrio interiore nel momento stesso in cui lei e Grant si erano conosciuti e aveva la sensazione di essere prossima a cadere in un precipizio. E poi, la fiducia... oh, fidarsi era difficile per lei, anche se si trattava solo di qualche dipinto. "Va bene," mentì, perché non poteva dirgli cosa le stava passando davvero per la testa. Fece per menzionare le sue idee, ma poi si ricordò che Grant avrebbe lavorato per una frazione del suo normale onorario. Coi pensieri in tumulto, disse l'unica cosa sicura che le venne in mente: "Proseguiamo il giro, allora."

Fece strada fino alla spiaggia. *"Dovrai fidarti di me."* Un'affermazione piuttosto comune, ma dal significato più profondo di quanto pensassero in molti. Soprattutto per una persona come lei.

Si disse che quello non era il suo ex e che doveva perdere il vizio di giudicare gli uomini come se fossero stati Paul. Il solo pensiero del suo ex la disgustava.

Grant non poteva sapere che, per lei, quella di fidarsi di un uomo che non fosse suo padre o uno dei suoi fratelli era una richiesta difficile da esaudire. Ma si trattava di un problema irrazionale, che Cali alla fine avrebbe dovuto risolvere.

Cominciando immediatamente. Se non fosse riuscita a fidarsi di Grant Ellington, il progetto sarebbe stato condannato al fallimento.

Come far funzionare le cose?

Cam si sarebbe arrabbiato con lei. Le aveva spiegato la situazione che viveva Grant. Cali sapeva che l'uomo era stato colpito da una disgrazia terribile quando l'aereo sul quale volava era precipitato nei pressi della pista di atterraggio. Su quell'aereo c'erano tre uomini, e lui era stato l'unico a sopravvivere. Cam le aveva detto che Grant ne era rimasto duramente sconvolto. Lei stessa aveva vissuto un'esperienza orribile durante il suo brutto divorzio, che si era trascinato a lungo.

Cam le aveva detto in confidenza di essere preoccupato per il suo amico. E che quella era la prima occasione in cui Grant viaggiava lontano da casa da quando si era verificata la tragedia. In volo, per di più. Arrivare fino al resort doveva essere stato difficile per lui.

Cali si sentì colmare dalla determinazione. Ce l'avrebbero fatta. Ci avrebbe pensato lei a far funzionare tutto.

Il viaggio in aereo aveva avuto un effetto sconvolgente

su Grant. Era riuscito a calmarsi prima di arrivare al resort, ma questo non significava che avesse del tutto ritrovato la bussola. Tuttavia, Cam aveva il detto il vero quando gli aveva parlato di Windswept Bay come di un luogo carico di ispirazione, che avrebbe potuto aiutarlo a riprendere a lavorare. Dapprima Grant non era stato interessato, ma poi Cam aveva giocato la carta 'avevi detto di essere in debito con me'.

Il che era ironico, considerato che Cam non credeva *davvero* che Grant gli dovesse qualcosa. Era stato Grant a insistere di ritenersi in debito; di conseguenza, Cam ben sapeva che quello sarebbe stato il modo migliore per spingerlo a darsi una mossa.

Una sera, Grant aveva commesso l'errore di rivelare a Cam che si sentiva morto dentro e che non credeva sarebbe mai più riuscito a provare dei sentimenti. Era stato allora che il suo amico gli aveva detto che le sue sorelle avevano preso in mano la gestione del piccolo boutique resort che apparteneva alla famiglia da generazioni. Le donne stavano apportando alcune modifiche e facendo qualche restauro, e una di loro voleva che in alcuni punti strategici fossero dipinti dei murali. Poi Cam aveva tirato in ballo il debito di Grant.

E quella era l'unica ragione per cui lui si trovava lì, ora.

Ancora non sapeva se sarebbe riuscito a dipingere.

Ma mentre seguiva l'agile Cali, rimase affascinato da lei. O forse 'ipnotizzato' sarebbe stato un termine più adeguato. La donna era splendida, coi capelli biondi lucenti e la pelle baciata dal sole. Quando gli era andata a sbattere contro, Grant ne aveva avvertito la morbidezza tra le braccia; l'aveva circondata con esse e aveva avuto non poche difficoltà a lasciarla andare.

Gli era difficile concentrarsi. Probabilmente Cali pensava che avesse qualche rotella fuori posto, ma dopo mesi di insensibilità interiore, quando l'aveva guardata negli occhi, Grant si era sentito vivo.

E l'esperienza si ripeteva ogni volta. Dovette costringersi a non fissarla. Cali era come un'opera d'arte in embrione; il suo era un viso fatto per essere dipinto.

Ma era nervosa. Scossa, addirittura. E la colpa era

di Grant.

Anche lei aveva avvertito le scintille, forse? O c'era dell'altro?

Cam gli aveva detto che una delle sue quattro sorelle era uscita da un divorzio molto brutto. Era difficile associare un nome a quel racconto, perché lui e Cam parlavano soprattutto di faccende legate ai rispettivi ranch; ma mentre frugava tra i ricordi, Grant era quasi certo che fosse stato il nome di Cali quello che Cam aveva menzionato riguardo al divorzio.

Mentre attraversavano il cortile, non riuscì a non prendere atto della bellezza dell'ambiente circostante, pieno di fiori tropicali e sentieri lastricati. Grant concentrò l'attenzione sull'ambiente, distogliendola da Cali. "È un posto molto bello."

"Anche io e le mie sorelle siamo d'accordo. Ma posso solo immaginare i posti mozzafiato in cui tu devi essere stato e dove devi aver lavorato. Il nostro piccolo resort, probabilmente, non è nulla al confronto."

"Ti sbagli. Non ti piace il tuo resort?"

"Lo adoro, ma ha le sue mancanze se lo confronti con quelli più prestigiosi. Ho visto i posti che ti hanno commissionato dei murali.”

“E ora il vostro resort è uno di essi. Mi piace quest'atmosfera accogliente e raccolta. Alcuni resort sono troppo grandi e pretestuosi. Il giardino, qui, è fantastico.”

“Sono d'accordo. È mia sorella Jillian la responsabile dell'architettura del paesaggio. Sarà felice di sapere che il suo lavoro ti è piaciuto. La considero un'artista del giardinaggio e sono una grande ammiratrice del suo talento. Certo, è mia sorella e la proprietà del resort è anche sua, ma siamo fortunate ad averla come nostro architetto di giardini.”

Attraversarono un ponticello sopra un corso d'acqua artificiale che scorreva lento, e Grant intravide la piscina. Dalla parte opposta c'era un muro decisamente bianco.

“Come puoi vedere, qui c'è bisogno di vivacizzare un po' l'ambiente. La piscina è molto utilizzata, nonostante l'oceano si trovi subito oltre il cortile interno. Mi piacerebbe portare qui l'oceano a beneficio di coloro che non vogliono farci fisicamente il bagno.”

“Sì, mi sembra proprio necessario. C'è anche un

muro esterno che dovrei dipingere?"

Cali annuì e guardò nuovamente il muro bianco accanto alla piscina. Grant capì che avrebbe voluto dirgli di più riguardo alla sua idea di ciò che voleva sul muro; invece, la donna si morse il labbro inferiore e si trattenne.

Nonostante tutti i suoi sforzi, lo sguardo di Grant si fissò sulla bocca di Cali. E all'improvviso non stava più pensando alla pittura.

Anche Cali lo stava fissando. "Da questa parte," disse bruscamente, voltandosi e allontanandosi di buon passo. "Il murale sarebbe visibile dalla spiaggia, e io credo che sarebbe molto di impatto."

Il cuore di Grant accelerò il battito nel guardare Cali che si allontanava. "Hai un ottimo intuito." All'improvviso il senso di colpa cercò di divorarlo e lui si sforzò di concentrarsi su qualunque cosa non fossero le sue reazioni alla donna.

Distogliendo lo sguardo dall'ancheggiare di Cali e dalla sua coda di cavallo ondeggiante, si costrinse a guardare la spiaggia di sabbia bianca e l'acqua scintillante. Era una spiaggia ampia, con le onde che si rompevano dolcemente sul bagnasciuga, sulla quale i bambini costruivano castelli di sabbia e gli adulti si godevano la splendida giornata.

"Questa è la zona più grossa, che verrà vista da molte persone dalla spiaggia." Cali si fermò e si voltò all'improvviso.

Questa volta fu lui a finirle contro.

Accadde tutto così rapidamente da non lasciargli il tempo di reagire. D'istinto, la circondò con le braccia mentre i loro piedi inciampavano gli uni negli altri e, con suo orrore, entrambi cadevano nella sabbia.

Non era esattamente il modo migliore per fare colpo.

Eppure… mentre cadeva nella sabbia, Grant capì immediatamente che l'unica cosa di cui gli importava qualcosa era avere Cali tra le braccia.

Non di nuovo! Cali non sapeva esattamente cosa fosse successo; sapeva solo di essersi girata troppo in fretta e di essersi ritrovata tra le braccia di Grant, per poi cadere a terra addosso all'uomo.

"Oh," fu tutto quello che riuscì a dire mentre lo guardava col fiato mozzo. Grant la fissò e Cali sentì il cuore di lui batterle sotto la mano che gli aveva appoggiato sul petto. Per un istante parvero come paralizzati; poi Grant scoppiò in una risata roca mentre rotolava su un fianco e la depositava delicatamente accanto a sé sulla sabbia. Il cuore di Cali batteva all'impazzata, e non per la caduta o per la paura. Le braccia di Grant la circondavano come un bozzolo protettivo. Poi lui sorrise… non il sorriso parziale o l'ombra di esso che lei aveva già visto in precedenza, ma un sorriso pieno, smagliante, candido, che le fece girare la testa.

Potente. Sexy. Letale.

"Direi che dobbiamo smetterla di incontrarci così, ma è troppo divertente." Lo sguardo di Grant tornò a posarsi sulle sue labbra e le interiora di Cali si sciolsero come miele in una giornata calda.

Sapeva che avrebbe dovuto spostarsi. Che doveva fuggire dalle sue braccia. Ma non ci riuscì.

"Va tutto bene?" chiese Grant in tono preoccupato.

"Benissimo. Sono solo…" *Santo cielo, cosa le era preso?* "Devo alzarmi," disse bruscamente quando si sentì pervadere da un senso di allarme. Si allontanò rapidamente dall'uomo, costringendosi ad abbandonare il rifugio delle sue braccia.

Cosa le era preso? Aveva giurato di evitare gli uomini e ora le bastava un momento tra le braccia di Grant per sciogliersi tutta. E per volere che lui la baciasse.

No. Eh no. Non andava bene.

Grant si mise seduto, poi si alzò e la aiutò a fare lo stesso. La breve, scherzosa civetteria che era apparsa nei suoi occhi era svanita, sostituita dalla premura. "Sei sicura che vada tutto bene? Non ti sei fatta male?"

"No. Ho… ho solo perso fiato per un attimo." Non era una menzogna. Cali aveva davvero perso fiato… solo, non per colpa della caduta.

"Sono felice che tu non ti sia fatta male a causa della mia sbadataggine."

L'uomo le pulì con delicatezza una guancia dalla sabbia, agitandola ancora di più e facendole venire voglia di dargli una spolverata a sua volta. "Mi sono voltata troppo in fretta," spiegò lei tutto d'un fiato, per poi iniziare a pulirsi come una pazza sotto attacco da parte di uno sciame di api.

Si sentì addosso lo sguardo perplesso di Grant, ma non lo guardò. Oh, no, non sarebbe stato bene farlo, perché probabilmente lui sarebbe riuscito a leggerle negli occhi.

"Avrei dovuto stare più attento." Grant si spolverò con gesti rilassati e normali. "Mi sono lasciato distrarre dalla bellezza che mi circonda."

Cali sollevò di scatto la testa, lo guardò ed ebbe l'allettante sensazione che lui avesse voluto includere anche lei in quella bellezza. Farfalle delle dimensioni di pappagalli si diedero alla pazza gioia nel suo stomaco. Sulla difensiva, si voltò nuovamente verso l'edificio. "Questo muro comparirà nelle pubblicità del resort quando avrà inizio la nuova campagna," disse rapidamente. "Sarà molto importante." *Era una questione d'affari. Solo ed esclusivamente d'affari.* Lanciò un'occhiata a Grant, cercando di sottolineare l'importanza che avrebbe avuto il suo lavoro e il fatto che lei intendesse riportare lo scopo originale del tour al centro della loro attenzione.

Ma invece di guardare lei o l'edificio, Grant si era voltato a fissare prima l'oceano e poi le scogliere più in là lungo la spiaggia. Lo sguardo di Cali, che le venisse un colpo, se lo mangiò come una donna affamata.

Lei ribollì di rabbia nel costringersi a scrutare a sua volta il panorama.

La scogliera che si ergeva dall'altra parte del resort era magnifica e Cali adorava correre e fare escursioni su di essa come parte del suo allenamento quotidiano.

Il suo sguardo corse nuovamente a Grant e il desiderio si ravvivò dentro di lei. Ma lo spense; aveva giurato di rinunciare agli uomini, rinunciare ad avere relazioni – da quando si era finalmente liberata da quell'orrendo matrimonio – e ora Grant aveva risvegliato quella pericolosa marea di... Cali si rifiutò di chiamarlo desiderio. Aveva perso il desiderio molto tempo prima. Da allora, non riusciva nemmeno a immaginare che avrebbe potuto volersi sentire addosso le mani di un uomo. Ma... all'improvviso, tutto ciò che voleva era trovarsi di nuovo tra le braccia di Grant.

Grant sentiva il cuore correre all'impazzata mentre osservava il paesaggio e cercava di non soffermarsi su quanto era appena accaduto. Tenere Cali tra le braccia per quei pochi istanti lo aveva spinto a volersela tenere stretta, senza lasciarla andare mai più.

Ma lui era lì per dipingere.

Per cercare di provare di nuovo qualcosa… il che gli stava riuscendo benissimo. Fissò l'oceano mentre, dentro di lui, emozioni contrastanti rotolavano come le onde.

"Non capisco," esclamò all'improvviso Cali.

La rabbia nelle sue parole lasciò Grant sconcertato. Si concentrò su di lei e vide che i suoi occhi verdi erano colmi di ira.

"Tu," proseguì la donna, accennando nella sua direzione. "Hai guardato a malapena il muro. *E* il muro della piscina. *E* la parete della lobby. Non hai voglia di lavorare? Ti comporti come se stessi morendo di noia."

Cosa dire? Come spiegarle che, per la prima volta

da mesi, lui provava un'emozione che non fosse un senso di vuoto e di perdita?

Che, guardando lei, si sentiva vivo?

"È ridicolo," borbottò la donna prima che lui potesse trovare le parole. Poi si allontanò camminando ad ampie falcate, ancheggiando a ogni singolo passo rabbioso.

"Aspetta." Grant si affrettò a raggiungerla e, senza riflettere, la afferrò per un braccio. "Aspetta un momento."

Gli occhi di smeraldo di Cali erano ancora in fiamme quando lo guardò.

"Cali, non volevo farti arrabbiare. Ma è così che funziona con me."

"Non capisco."

"Avrei dovuto spiegarmi meglio. Io lavoro in tandem con l'ambiente che circonda le mie opere. Per me, un muro è solo un muro fintanto che non ci dipingo qualcosa sopra. Guardarlo non mi dice niente. È l'ambiente attorno a esso a dirmi tutto. È questo che sto cercando. So che tu hai delle idee, ma avresti potuto assumere chiunque per dipingere quelle. Puoi dirmi ciò che desideri quante volte vuoi, ma ciò non mi aiuterà a darti quello che rende il mio lavoro unico. Fino a quando non avrò vissuto di persona quello che tu già conosci e non avrò imparato ad apprezzarlo, non riuscirò a rendermene conto. E anche se io ci dipingessi sopra, il muro non prenderebbe vita. Ed è questo ciò che tu stai cercando, vero?"

Quel discorso spiegava in parte ciò che Cali aveva visto, ma non del tutto. Se non altro, dava a Grant una scusa per averla messa a disagio.

La rabbia negli occhi della donna svanì e le sue spalle irrigidite si rilassarono. "Perché non l'hai detto subito?"

Guardandola sullo sfondo della spiaggia, all'improvviso Grant pensò a serate illuminate dalla luna e... Si massaggiò la nuca, guadagnando tempo mentre cercava di dare un senso a ciò che stava accadendo tra di loro. "A volte mi capita di concentrarmi troppo sul mio obiettivo e di scordarmi che gli altri non possono leggermi nel pensiero. Mi perdoni?" concluse in tono gentile.

Trascorsero i secondi. Alla fine, Cali annuì. "Ti

capisco. A volte succede lo stesso anche a me, o almeno così mi dicono le mie sorelle."

Cam lo aveva messo in guardia sul fatto che aveva quattro sorelle e, scherzosamente, lo aveva sfidato a non innamorarsi di una di loro mentre lavorava. Grant aveva preso alla leggera le parole di Cam, ma ora... ora non era sicuro che Cam avesse esattamente scherzato. Cali gli mozzava il fiato. La forza dell'attrazione che provava nei suoi confronti era incredibile. E prima di conoscerla, lui avrebbe detto che gli sarebbe stato impossibile provare un'emozione del genere dopo la sensazione di morte che lo aveva riempito in seguito all'incidente.

L'incidente.

Il pensiero lo fece tornare serio. Per qualche istante, non ci aveva più pensato. Fu lacerato dal senso di colpa. "Andiamo lassù." Si incamminò ad ampie falcate, deciso a frapporre un po' di distanza tra se stesso e i pensieri che gli vorticavano nella mente. Poteva anche pensare a notti al chiaro di luna e baci, ma era lì per lavorare. Non aveva alcun diritto di provare alcun sentimento.

"Grant," lo chiamò Cali, cogliendolo alla sprovvista. La donna fece qualche passo verso di lui, negli occhi uno sguardo perso.

"Qualcosa non va?"

Lei scosse la testa, ma Grant non le credette.

"Devo tornare dentro, cambiarmi e prepararmi per gli impegni pomeridiani. Tu vai pure avanti a esplorare. Se dovessi aver bisogno di qualcosa, mi troverai nel mio ufficio."

La donna non attese risposta, ma si diresse nuovamente verso il resort, lasciandolo solo all'inizio del sentiero a chiedersi se lui stesso non avesse un'espressione sperduta quanto quella di Cali.

CAPITOLO TRE

Shar, la sorella di Cali, sollevò lo sguardo dal computer quando lei entrò nell'ufficio.

"Ehi, meno male che sei qui. Stavo per andare al rifugio delle tartarughe marine a guidare una visita. Hanno appena portato un bestione che era rimasto intrappolato in una len–" Shar si interruppe bruscamente e aguzzò la vista. "Cosa c'è che non va? Sembri… agitata."

"Non è vero," negò Cali, sopprimendo l'istinto di darsi una controllata nello specchio accanto alla porta. Nonostante avesse fatto la doccia e si fosse cambiata nell'ora trascorsa da quando aveva abbandonato Grant all'inizio del sentiero, si sentiva ancora scossa per la reazione generata in lei dall'uomo.

"Come no." Shar rise sarcasticamente. "Sorellona, tu sei fuori di te. Sei rossa in viso e pesti i piedi, cosa che non fai *mai*, cara la mia perfettina. Vuota il sacco."

Un grugnito sfuggì alla bocca di Cali. Shar non era il tipo da mollare l'osso quando credeva di aver fiutato qualcosa. Ciò nonostante, continuò a fare del suo meglio per fingere che tutto fosse a posto. Avvicinò la sedia alla scrivania, badando a non fare movimenti bruschi, e accese il suo computer.

Riusciva a *sentire* Shar che stringeva gli occhi. Lo sguardo di sua sorella era come una serie di punture di spillo.

Shar si tamburellò sul labbro con le dita. "No, c'è qualcosa nell'aria. Lo capisco da come fingi. Anche se potresti vincere un Oscar per la tua interpretazione."

Cali emise un sospiro esasperato e incrociò lo sguardo fin troppo perspicace di sua sorella. "Tu capisci troppo."

"Grazie. Mi impegno. Ma a essere onesti, questa

volta non è stato troppo difficile." Shar si mise a ridere, ma si interruppe di colpo e si acciglò. "Non c'entra quell'infame del tuo ex? Io te lo dico: se quel patetico–"

"No, no, lui non c'entra. Calmati, Supereroe," la invitò Cali con affetto. Shar era sempre impegnata a salvare qualcosa o qualcuno. Se avesse conosciuto tutti i dettagli della vita di Cali prima del divorzio, si sarebbe alterata parecchio. Ma lei aveva tenuto per sé la maggior parte dei suoi problemi, non volendo che la sua grande famiglia – composta da tre sorelle e cinque fratelli, i suoi genitori e un parentado molto unito – venisse a conoscenza dei sordidi dettagli. A se stessa, diceva di averlo fatto per proteggerli ed evitare che cercassero di fare del male a Paul, ma la verità era anche che si vergognava. Tutto ciò le ricordava perché il modo con cui stava reagendo a Grant era irragionevole. Alla fine non ce la fece più: "È per via di Grant Ellington. Quell'uomo è…"

Shar si illuminò in viso. "Il *signor Stranamore*! Lo sapevo: lo hai già visto!"

"Piantala di chiamarlo così."

"Assolutamente no. Quei riccioli che ti fanno morire dalla voglia di passarci le dita e quel sorriso sghembo alla Patrick Dempsey fanno impazzire il cuore delle ragazze al solo pensarci. È come essere su un treno coi freni rotti: non riesci a trattenerti."

Cali si acciglià, perché era tutto vero. Incluso l'effetto che Grant aveva sul suo cuore. Semplicemente, non si era aspettata che sarebbe stato così intenso di persona.

"Com'è? So che ha fatto il check-in ieri sera." Shar spalancò gli occhi. "L'hai incontrato *davvero*." Si alzò in preda all'entusiasmo. "È per questo che sei così agitata e–"

"Furiosa. Sono furiosa, non agitata."

Sua sorella fece per dire qualcosa, ma poi spalancò la bocca e batté le mani. "Sei *interessata*. Grazie a Dio! Sei interessata davvero. È vita quella che vedo nei tuoi occhi."

Cali la fulminò con lo sguardo. "Non sono–"

"Sì che lo sei. Non c'è nulla di male, Cali."

Le viscere le si appallottolarono, provocandole un dolore sordo. Sapeva benissimo che non ci sarebbe stato nulla di male nel pensare a un altro uomo e nell'avere una nuova relazione, se lei avesse scelto di farlo. Ma non lo aveva scelto. Non era così facile. Shar non capiva. "Lo so, Shar." Avrebbe voluto andare a nascondersi sotto un sasso.

"Cos'è successo, allora? Dimmi tutto." Shar si appollaiò sul bordo della scrivania di Cali e, per un attimo, le ricordò la sorellina che aveva sempre aspettato sveglia che Cali tornasse da un appuntamento. Allora, Shar correva sempre in camera sua, saltava sul letto e le chiedeva tutti i dettagli. Allora, Cali era stata felice di avere qualcuno con cui parlare delle sue speranze, dei suoi sogni e delle sue idee romantiche di ragazza. Una ragazza poteva sognare tutto quello che voleva riguardo al romanticismo e alla perfezione che sarebbero stati la sua vita e il suo amore… ma Cali aveva appreso a caro prezzo che dietro l'armatura scintillante che un cavaliere indossava durante la frequentazione potevano nascondersi dei lupi. Il brutto arrivava dopo la pronuncia dei voti nuziali.

Oramai, Cali non se la sentiva di parlare del suo

oscuro passato e della fiducia che aveva malriposto. Quel ricordo la spinse a guardare storto sua sorella… che, per quanto lei sapesse, non aveva mai avuto una relazione seria in vita sua. Chissà perché, poi, considerato che Shar era sempre interessata alla vita amorosa altrui.

"Avanti, fuori i dettagli," insistette Shar.

"Ecco il problema delle famiglie numerose: i fratelli sono protettivi e le sorelle impiccione. Soprattutto tu." Cali era stata lontana da casa abbastanza a lungo da dimenticarsi *quanto* potessero essere impiccione. Se avesse lasciato intendere di essere interessata a Grant, ci sarebbero stati altri interrogatori.

Ma non era interessata. Non si sarebbe permessa di esserlo.

Shar fece una smorfia. "Sì, avrei dovuto scrivere per il *National Enquirer*. Ora smettila di prendere tempo. Le tue idee gli sono piaciute? Tu gli sei piaciuta?" Agitò le sopracciglia nel pronunciare l'ultima frase. "A occhio sembra che lui ti sia piaciuto."

Cali le spintonò una gamba. "Smettila. Non ha voluto sentire le mie idee. Ha a malapena guardato le pareti dove dipingerà i murali. Dice di aver bisogno di catturare l'atmosfera del posto."

"Ha senso. Ora parliamo delle labbra del signor Stranamore viste da vicino. Hai sentito il bisogno che lui ti baciasse fino allo svenimento e ti facesse sua?"

"*Nooo*." Cali la guardò storto. "Chi sei tu? Quello che dici, a volte, mi lascia basita." Era vero: Shar era un'anticonformista e adorava stuzzicare gli altri. Ma non era il momento. E di certo Cali non voleva vedersi ricordare che aveva pensato ai baci quando era stata vicina a Grant… tra le sue braccia, a rotolarsi nella sabbia.

"Stai arrossendo." Shar sussultò e la osservò attentamente. "*Un sacco*. Allora lui voleva *davvero* farti sua."

"*Un corno*! Ora piantala. Non avevi un tour da guidare? Una tartaruga da salvare?"

"Non per un'altra ora. Sono tua per almeno trenta minuti ancora."

"Ah, che fortuna," borbottò Cali proprio mentre

Jillian entrava nell'ufficio.

"Che succede?" L'altra loro sorella entrò nella stanza portando un vaso di ibisco appena tagliato.

"Ibisco *rosa*." Shar spostò lo sguardo dai fiori a Cali e sorrise a trentadue denti. "Guarda, Cali, ha il tuo stesso colore."

Jillian guardò Cali. "Perché sei del colore dei miei boccioli di ibisco?" esclamò. E naturalmente, Shar per poco non si rotolò per terra dalle risate.

"D'accordo, che succede?" Jillian spostò lo sguardo dalla ridente Shar all'accigliata Cali.

"Credo che a Cali piaccia il signor Stranamore."

"Ellington," esclamò Cali. "Si può sapere quanti anni hai?"

Shar tornò seria. "Abbastanza da capire quello che vedo. La domanda è: perché neghi di aver visto un bell'uomo e di essere attratta da lui?"

"Già, perché?" Jillian, ora pienamente sul pezzo, si mise le mani sui fianchi avvolti dai jeans. "Il tuo divorzio si è concluso mesi fa, grazie a Dio. Ti è permesso essere attratta dagli uomini, soprattutto dopo quello che hai passato. E non cercare di negarlo: so che non ci hai raccontato tutto. Sono felicissima di vedere quel rossore sulle tue guance e un po' confusa per questa tua esitazione." Ciò detto, lanciò un'occhiata severa a Shar. "Smettila di prenderla in giro. Noi forse non riusciamo a capire, ma è chiaro che questa è una situazione difficile per Cali."

Cali si alzò e dovette sopprimere il desiderio di correre via. Letteralmente. Correre alleviava la sua tensione e la aiutava a non pensare, concentrata com'era sui suoi passi. Correre la aiutava a tirare avanti.

"Va tutto bene." Era vero. Sul serio. "Avete entrambe ragione. Sono sconvolta da quando l'ho incontrato, questa mattina. Ma nonostante ciò che pensate, non voglio esserlo. Ho bisogno di rimettere in sesto la mia vita, di starmene sola e tranquilla ancora per un po' prima di poter anche solo pensare di aprirmi con un altro uomo. Se mai lo farò. È un rischio che non voglio correre."

"Fino a un certo punto, ti capisco," disse Jillian. "Anch'io ho i miei limiti, che non sono ancora pronta a superare; ma forse speravo che per te sarebbe stato più rapido. Da quando sei tornata a casa, non hai fatto che sommergerti di lavoro. Continui la tua esistenza, ma sembri spenta."

"Non in questo momento," osservò Shar.

"Mi piace lavorare e c'è molto da fare."

"Vero," disse Shar, "ma siamo in un paradiso tropicale, per cui devi darti una calmata e rilassarti un poco coi piedi sulla sabbia. E, per la miseria, quando qualcosa o qualcuno attira il tuo interesse, buttati."

"Ha ragione, Cali." Jillian si diresse verso il caffè. "Avanti, raccontaci cosa è successo."

Cali cedette. "L'ho incrociato al piano di sotto." Evitò di precisare che gli era letteralmente andata a sbattere contro. "Voleva vedere le pareti, ma quando ce l'ho portato non è sembrato interessato. Vuole farsi un'impressione del posto. Ora come ora, non ascolta nemmeno le mie idee." Emise un respiro frustrato mentre le sue sorelle la guardavano come se fosse stata lo schermo di un cinema. Ci mancavano solo i popcorn. "È frustrante." Non disse loro della rotolata nella sabbia… il solo pensiero le scuoteva le viscere.

Quando ebbe finito, entrambe le sue sorelle sorridevano.

"L'hai lasciato alla base di Lookout Point?" chiese Jillian.

"Sì. Avevo da fare."

"Perché ho la sensazione che tu abbia omesso qualcosa?" chiese Shar con fare ammiccante.

Jillian si tirò l'orecchio. "Saranno settimane interessanti, queste."

La pelle di Cali si coprì di pelle d'oca all'idea. "Non sta succedendo niente. Grant Ellington è qui per dipingere, non per diventare il mio ragazzo."

Qualcuno bussò sullo stipite della porta aperta. Tutte e tre si voltarono e videro Grant in tutta la sua gloria.

Il battito di Cali accelerò. Cercò di fare una faccia da poker per celare la propria reazione a quelle impiccione delle sue sorelle.

"Ma salve, *bellezza*," esclamò Shar, alzandosi in piedi. "Entra pure. Siamo felici di averti qui."

Ammiccò all'indirizzo di Cali, dopodiché tornò a sorridere a Grant.

Cali gemette e cercò di non mostrarsi in colpa per aver parlato di lui. Poi un pensiero la colpì: e se lui le avesse sentite parlare mentre si avvicinava alla soglia? Ripensò rapidamente a ciò che era stato detto prima che Grant bussasse alla porta e ricordò la sua dichiarazione da ragazzina adolescente.

Quel disastro non faceva che peggiorare.

CAPITOLO QUATTRO

Mentre se ne stava sulla soglia degli uffici dello Windswept Bay Resort, Grant colse il barlume di ansia che attraversò il viso di Cali non appena la donna si accorse della sua presenza. Aveva udito la sua affermazione un attimo prima di bussare alla porta e aveva la sensazione che lei se ne fosse resa conto. Cali nascose l'ansia – o era senso di colpa? – che lui le vide negli occhi prima di rivolgergli un sorriso flebile. C'era qualcosa sotto. Le parole della donna dovevano essere una risposta a qualcosa che avevano detto le sorelle; altrimenti, Grant non sarebbe riuscito a immaginare cosa avrebbe potuto portarla a fare un'affermazione del genere. E tuttavia, l'idea di diventare il ragazzo di Cali – o qualcosa di più – lo aveva fatto pensare immediatamente a spiagge illuminate dalla luna, al tenersi per mano e ai baci.

Doveva levarsi dalla testa quei pensieri. Ma in quel momento, di fronte alla bellezza di Cali, la cosa non era fattibile.

Alla fine decise che, piuttosto che rivolgere la parola a Cali per prima, sarebbe stato meglio parlare con le sue sorelle. Si concentrò sulla bella donna dai corti riccioli castani e lo sguardo ammiccante che lo aveva chiamato 'bellezza'.

Ridacchiò nel commentare quell'osservazione: "Riguardo alla bellezza, non saprei, ma sono felice di essere qui." Entrò nella stanza e appoggiò il cestino da picnic che aveva con sé sulla scrivania. L'ora di pranzo era passata, ma al momento ciò non aveva importanza. "Tu devi essere Shar. E credo che tu sia Jillian," disse alla bella bionda i cui lunghi capelli erano legati all'altezza della nuca da un foulard colorato.

La bruna rise. "Bello *e* bene informato."

"Hai indovinato," disse Jillian con uno sguardo benevolo. "Ma del resto, visto che sei amico di Cam, potresti averci viste in fotografia…" Inarcò un sopracciglio con aria interrogativa.

Grant sorrise. "Cam non è molto loquace, ma mi ha accennato a tutte voi e io ho visto le vostre foto. Ma anche se così non fosse stato, Cali mi ha parlato del tuo talento di architetto di giardini, Jillian, e tu hai le ginocchia un po' sporche di terra."

Jillian rise – un suono delizioso, dolce e schietto come lei – nel guardarsi le ginocchia. "Colta sul fatto. Stavo scavando appena qualche minuto fa. Non riesco a resistere."

"Splendido e sveglio," disse Shar con un sorriso sfacciato prima che lui potesse rispondere a Jillian. "Allora, cosa c'è nel cestino? Io sono l'impicciona di famiglia, nel caso non te ne fossi accorto."

Fino a quel momento, Cali era rimasta in silenzio e lo aveva guardato interagire con le sue sorelle. Grant la guardò e sperò che avrebbe accettato la sua proposta. "Sono qui per dipingere alcuni murali per il resort e, come ho detto a Cali, mi piace farmi ispirare dalla zona prima di decidere cosa dipingere. Ho pensato che mi sarebbe utile fare un giro dell'isola. E sarebbe bello avere una guida." Indirizzò il commento a Cali, che strinse immediatamente gli occhi. Diffidenza o curiosità? Grant non ne era sicuro, ma perlomeno la donna stava ascoltando. "Ho pensato che saresti la guida perfetta, dato che sei tu quella che ha un'idea piuttosto forte di cosa dovrebbe essere dipinto su quelle pareti vuote."

"È un'ottima intuizione!" esclamò Shar. "Cali, tu hai le idee chiare. Ora avrai modo di convincere Grant che sono quelle giuste. Potrai ispirarlo."

"È perfetto," concordò Jillian.

Grant osservò le sorelle di Cali coalizzarsi contro di lei. Considerata l'espressione inorridita sul volto della donna, era incerto se sentirsi offeso dalla sua reazione o preoccuparsi per lei.

Più tardi Cali avrebbe ucciso le sue sorelle.

Completamente inorridita dalla loro reazione apparentemente gioiosa a quell'idea, Cali cercò di rimanere calma e composta. "Ma non posso. Ho del lavoro da–"

"Hai del lavoro da fare, sì," esclamò Shar, lanciandole un'occhiata colma di determinazione. "E il tuo lavoro è aiutare a realizzare i murali che attireranno la gente al resort. È un compito molto importante. Questo posto ha bisogno di qualcosa di originale, che lo distingua dagli altri, e Grant ha assolutamente ragione: gli serve qualcuno che lo aiuti a trovare l'ispirazione. Tu sei la persona più adatta e, dato che sono sicura che lui non abbia tutta la vita da dedicare al nostro progetto, sarà meglio che tu ti dia una mossa."

"Shar e io siamo in grado di gestire qualunque eventualità." Jillian girò attorno alla scrivania e si mise accanto a Cali. Quando lei non si mosse, sua sorella le diede di gomito. "*Vai*. Siamo molto fortunate che Grant ci faccia questo favore. Il minimo che possiamo fare è mostrargli l'isola."

Grant aveva capito che Cali si sentiva leggermente soffocata dall'entusiasmo delle sue sorelle. Lui stesso aveva i suoi dubbi riguardo al trascorrere del tempo da solo con lei.

Non aveva nutrito alcun sentimento per molto tempo e non credeva di avere il diritto di provare ciò che provava quando guardava Cali, figurarsi ciò che provava quando la toccava. Ma in quel momento non aveva alternative: se voleva riuscire a dipingere, aveva bisogno di tutto l'aiuto e l'ispirazione possibili.

"Va bene," concesse infine la donna; poi, in tono molto compassato e formale, aggiunse: "Siamo grate che tu abbia acconsentito a venire fin qui e a svolgere questo incarico. Di conseguenza, farò tutto ciò di cui avrai bisogno per completare il lavoro. Ma non mi sento ancora a mio agio a pagarti così poco rispetto al compenso, senza dubbio molto più alto, che chiedi di solito."

Grant aveva detto a Cam che avrebbe lavorato in cambio di vitto e alloggio sull'isola, ma Cam aveva insistito che la direzione del resort voleva pagare la somma che aveva assegnato a quel progetto. Grant aveva accettato, ma aveva intenzione di devolvere il compenso in beneficienza.

"Come ho scritto nella mia email, sono in debito con Cam. Ero disposto a lavorare in cambio di vitto e alloggio, ma lui ha insistito perché venissi pagato."

"E ha fatto bene. Sostiene che tu non gli debba nulla. Ciò detto, entrambi sembrate persone cocciute, e alla fine è stato il resort a trarne beneficio."

"È il texano che c'è in noi." Grant sorrise, perché era vero.

Shar inclinò la testa. "Probabilmente hai ragione. Cam potrà anche non essere nato in Texas, ma come dice lui, ci si è traferito non appena ha potuto." Rise. "Per te è lo stesso?"

"Io sono nato in Texas e adoro quello Stato, ma ho anche le gambe da marinaio. Amo l'acqua."

Jillian sorrise. "Cam dice sempre che un cowboy può anche interessarsi a cose che non siano il suo ranch. Non c'è da stupirsi che voi due siate amici. Ho la sensazione che tu sia anche bravo ad andare a cavallo. Dovresti convincere Cali a mostrarti come cavalca: è molto brava."

La novità lo colse di sorpresa. "Vai a cavallo?"

Quel bel colorito rosa tinse gli zigomi alti di Cali. "No. Non più." Fulminò con lo sguardo le sue sorelle, che si limitarono a sorridere.

Grant provò compassione per il poveraccio che si sarebbe innamorato di Shar: quella donna lo avrebbe tenuto sulle spine. A lui piaceva la personalità spigliata della giovane, e anche Jillian gli piaceva, ma c'era qualcosa in Cali che gli mozzava il fiato ogni volta che la guardava.

"Andate, allora. Portalo alle cascate," suggerì Jillian a Cali. "Quel posto ti è sempre piaciuto."

"E divertitevi," ordinò loro Shar.

Cali sospirò. "D'accordo. Andremo alle cascate." Prese la borsetta e se la mise a tracolla in maniera piuttosto brusca mentre oltrepassava Grant. Sulla soglia, si fermò a guardarsi alle spalle. "Vieni?"

Sentì sbocciare da dentro un sorriso enorme. Prese il cesto. "Signore," disse, per poi seguire la donna fuori dalla porta.

La sua mente creativa era in tumulto mentre la seguiva lungo la scala a chiocciola. Le dita snelle di

Cali scorrevano lungo lo scuro corrimano di legno lucido. Lei non si fermò mentre percorreva come un fulmine un corridoio laterale, attraversava una porta e usciva al sole.

Si trovavano ora in un parcheggio a fianco del resort. La brillante luce del sole spinse Grant a togliersi gli occhiali dalla testa e a indossarli. Il profumo del giardino tropicale di Jillian colmava l'aria, ma lui era concentrato sulle lunghe, fluide movenze di Cali che si dirigeva verso una Jeep bianca senza tettuccio. La donna si tolse la giacca sportiva che indossava sopra il prendisole e la buttò sul sedile posteriore prima di estrarre un paio di occhiali da sole dalla borsetta, che lasciò cadere accanto alla giacca. Si ficcò gli occhiali sugli occhi verdi e si sedette al posto di guida. Era palesemente scornata, come avrebbe detto la madre di Grant. C'era del fuoco dietro a quella facciata calma e a lui la cosa piaceva.

Posò il cesto sul sedile posteriore, prendendosi il suo tempo prima di saltare sul posto del passeggero accanto a lei. "Bella macchina. È tua?"

"Sì. Mi sembri sorpreso."

"Lo sono." Grant ridacchiò, come gli capitava spesso di fare da quando l'aveva incontrata. "Ammetto che non ti avevo immaginata su un fuoristrada."

"E io non ti avevo immaginato coi pantaloni corti."

Grant rise di nuovo e non riuscì a trattenersi dal chiedere: "E come mi immaginavi, esattamente?"

Con suo stupore, Cali finalmente rise. "Con jeans e stivali e un cappello da cowboy, come si vede sul tuo sito. Il che, devo ammettere, mi sembra in contrasto con le raffigurazioni di animali marini per cui sei famoso."

"Mi dispiace deluderti, ma i pantaloni corti sono più adatti alla vita su un'isola. E come ha osservato Jillian, i cowboy non sempre rientrano negli stereotipi."

"Hai ragione." Cali lo guardò di sbieco; persino attraverso gli occhiali da sole color ambra pallida, i suoi occhi brillavano sotto il sole con una nota di malizia. "Allaccia la cintura, cowboy. Hai voluto che ti facessi vedere l'isola, dunque adesso faremo un bel giro."

Grant obbedì. Sembrava proprio l'inizio di una splendida giornata.

Quell'uomo la rendeva furiosa… e le faceva anche venire voglia di rilassarsi.

Cosa che Cali non faceva da molto tempo.

Aveva tenuto un comportamento rigido e si era, per così dire, distaccata da certe parti della sua personalità da quando aveva divorziato. Un divorzio, aveva scoperto, riusciva in qualche modo a togliere tutto a una persona – anche una forte e sicura come lei – lasciandole solo una sensazione di nudità e di mancanza. Era questo ciò che le era accaduto.

Un tempo era stata una persona più avventurosa – da qui la Jeep – ma ora le capitava solo quando era da sola di avvertire il desiderio di uscire dalla gabbia. Ma ogni volta si ricordava delle scelte sbagliate che aveva fatto e si rendeva conto che proprio quel suo lato avventuroso aveva contribuito a incasinarle la vita.

Aveva commesso moltissimi errori. Era strano come la vita potesse fare a pezzetti una persona.

Quel giorno c'era qualcosa di diverso. Le gomme della Jeep stridettero quando lei tagliò spavaldamente l'angolo del parcheggio e si diresse verso il punto più alto della piccola isola. Era una delle gemme nascoste di Windswept Bay.

La ventata di aria salmastra e il calore del sole la rilassarono.

"Ti piace?" esclamò Grant al di sopra del vento che rutilava loro attorno mentre lei guidava.

Un segnale di stop la costrinse a frenare. Quando si fermò dietro a un'altra auto, guardò l'uomo. "Sì. Ma trascorro la maggior parte del tempo in ufficio."

"Questo è più adatto a te. Pratichi l'arrampicata?"

"No. Un tempo facevo escursioni. Non ho mai amato l'idea di starmene a penzolare lungo il fianco di una montagna, attaccata a una corda sottile e a un chiodo che ho conficcato in una spaccatura nella roccia." Cali rise e cambiò marcia mentre oltrepassava l'incrocio. Alcune persone sul marciapiedi la salutarono e lei rispose ai saluti. "E tu che mi dici? Sei un cowboy del Texas che dipinge il mare. Quali sono le altre contraddizioni? Arrampicarti andrebbe contro gli stereotipi."

Grant rise. "No. Sono come te: mi stacco dalla sella quanto basta per dipingere, ma a parte volare in aeroplano…" Fece una breve pausa e Cali, quando lo guardò, vide che aveva serrato la mascella. "A parte volare, ho sempre i piedi saldamente piantati per terra. Ma l'escursionismo è fantastico. Su questo siamo d'accordo."

L'incidente. Era evidente che era stato l'accenno al volo a farlo esitare. Cali si ritrovò a volergli chiedere dell'incidente, di come stesse, ma si trattenne. Non era pronta a scendere sul personale. "Mia sorella Olivia ha una paura matta dell'altezza. È una vera e propria fobia e la fa impazzire. Per fortuna io non sono così. Amo troppo il controllo per potermi fidare–" Si interruppe di colpo, essendosi resa conto che, nonostante non avesse avuto in mente di farlo né volesse farlo, stava rivelando più cose di se stessa di quanto si sentisse a suo agio a fare.

Fissò lo sguardo di fronte a sé, sentendosi addosso

gli occhi di Grant mentre attraversavano il paesino con le sue bancarelle per i turisti e gli edifici colorati pieni di pasticcerie, gelaterie e bar. *Perché aveva parlato tanto?* Quell'uomo era lì per dipingere; poi se ne sarebbe andato. Lei non era che la donna che avrebbe supervisionato il tempo da lui trascorso lì.

"Il paese è carino."

Cali guardò di sottecchi Grant, lieta che non le avesse fatto altre domande personali… considerato che lei aveva lasciato la porta spalancata in tal senso. "Sì, è una tipica cittadina turistica. O perlomeno, lo è in Main Street. I negozi e le altre attività normali si trovano più in là o nelle strade secondarie."

"L'isola è molto trafficata?"

"Non quanto potrebbe esserlo. È una delle ragioni per cui stiamo rinnovando il resort: potremmo attirare più turisti se riuscissimo a offrire un ambiente boutique più moderno, che risulti gradevole a una clientela più ampia. Qualche opera di Grant Ellington sarà molto utile a renderci una destinazione più stuzzicante."

Ora erano usciti dal paese e stavano procedendo lungo la costa. "Questa strada percorre l'intero perimetro dell'isola… tutti e trentadue i chilometri. Anche se la maggior parte delle persone, arrivata a un certo punto, torna indietro. C'è una zona, all'estremità meridionale dell'isola, che è transitabile, ma solo per i turisti avventurosi. In certi punti è piuttosto pericolosa. Che tu ci creda o meno, alcuni turisti vengono qui solo per quel fazzoletto di terra. Noi vorremmo raggiungere quante più persone possibili, avere qualcosa da offrire a tutti… cominciando con alloggi ed esperienze speciali al resort."

"Cam mi ha detto che il paese ha qualche problema. Ma non sono sicuro che i miei murali potranno fare la differenza. Non è un'impresa da poco."

Cali gli lanciò un'occhiata. "Come direbbe Shar: bello *e* modesto. Tieniti stretto." Uscì dalla strada principale e imboccò un sentiero sterrato che subito iniziò a salire verso l'alto. "Sai di essere piuttosto influente e che il tuo nome è famoso." Tenne entrambe le mani sul volante, dato che la strada era piuttosto impraticabile.

Grant si era raddrizzato sul sedile; era palese che si stava godendo il viaggio. Cali riusciva praticamente a vedere il suo interesse.

"Quello che so è che dipingo immagini che coinvolgono e, a quanto pare, commuovono le persone. Non posso garantire che esse incrementino il vostro giro d'affari."

Cali tolse il piede dall'acceleratore. "Non stai scherzando, vero?"

La fronte di Grant si increspò quando i suoi occhi si colmarono di preoccupazione. "No. Finora, tutto ciò che ho visto di quest'isola è bellissimo. È il luogo ideale per una vacanza lontano dal traffico e dal rumore della città. Ma non contare su di me per il successo del vostro restauro. Non contare sul mio lavoro."

Cali premette sul freno e lo fissò. "Beh, non sto certo affidando tutte le mie speranze e i miei sogni per il resort a te, ma alcuni sì. Non ho ingaggiato un pittore qualsiasi." Era seria, ma assunse un tono scherzoso quando si rese conto che Grant era davvero preoccupato.

Spense il motore e si slacciò la cintura. "Ehi, rilassati. Non fare quella faccia. Hai detto che volevi essere ispirato e se questo è ciò di cui hai bisogno per lasciarti coinvolgere fino in fondo, seguimi." *Cosa gli era preso? Cam le aveva detto che Grant non dipingeva dall'incidente. Era anche per quello che sembrava così agitato?*

Invece di scendere dall'auto, l'uomo si tolse gli occhiali da sole e, strizzando gli occhi, la fissò. "Dico sul serio, Cali. È chiaro che tu e le tue sorelle avete investito molto nel rinnovare il resort, e per ottime ragioni. Non fraintendermi: sono con voi, ma… non scommettete tutto su di me."

"Mi lasci davvero basita. Sul serio non sei sicuro di te?"

"Sono sicuro che ti darò qualcosa che i tuoi ospiti troveranno piacevole a vedersi. Ma sperare che questo sarà la distinzione che vi renderà una destinazione ambita non è cosa da me. Dovrete assicurarvi di avere anche dell'altro. E la verità è che ce l'avete. Immagino che la cascata sia oltre quegli alberi."

"Immagini bene. Da questa parte. E non temere: non abbiamo scommesso solo su di te."

"Ottimo. C'è un posto nel quale poter apparecchiare il pranzo dove mi stai portando?" Grant si allungò a recuperare il piccolo cestino dal sedile posteriore. "O forse è meglio dare un'occhiata e mangiare più tardi, quando torneremo alla Jeep?"

Sembrava la pubblicità dell'appuntamento da sogno di ogni ragazza mentre la guardava con quegli occhi dallo sguardo intenso e un sorriso interrogativo sulle labbra.

Wow.

Cali era in sintonia con la foresta e ben consapevole del canto degli uccelli tra gli alberi e del suono attutito delle cascate, che solo chi sapeva cosa cercare con l'orecchio poteva sentire. Ma soprattutto era consapevole delle fronde sopra le loro teste, che racchiudevano in un ambiente assai riservato lei e Grant.

Quell'uomo intrigante era ciò di cui lei era

consapevole al di sopra di ogni altra cosa. Le sorrise e il suo cuore tuonò.

"Portalo pure. Sono certa che ci sia spazio da qualche parte." Cali non si fermò ad analizzare i propri pensieri; invece, si inoltrò nel bosco, seguendo il sentiero ben delineato che conduceva attraverso il paesaggio tropicale e scendeva in una ripida pendenza. Sentiva Grant muoversi alle sue spalle e si chiese se l'uomo si rendesse conto di cosa le facesse. Il profumo muschiato del terreno umido e dell'aria pulita e dolce le riempì i polmoni. Con una gradevole traccia del dopobarba di Grant.

Lo conosceva da meno di cinque ore e ogni momento trascorso in sua presenza le rendeva sempre più difficile concentrarsi su qualcosa che non fosse lui. Il che era quantomeno inquietante.

Grant era bello in una maniera che la attraeva oltre la sua comprensione. Cali aveva visto molti uomini attraenti in vita sua e da quando aveva divorziato, ma non era mai stata attratta in maniera tanto istantanea da un uomo.

Dal divorzio, non aveva più provato nulla per nessun uomo.

No, allora aveva deciso di mantenere le distanze dagli uomini. E ora, mentre pestava i piedi lungo il sentiero attraverso la vegetazione, avvertì un certo senso di pregustazione all'idea di pranzare con Grant nel luogo più romantico dell'isola.

Non che intendesse farglielo capire.

CAPITOLO CINQUE

Il tenue, rilassante ruggito delle cascate si fece più forte man mano che si avvicinavano. Dato che si trattava di una cascata piccola, non certo delle cascate del Niagara, il suo era un suono che produceva uno sfondo romantico.

D'accordo, Cali, che ne diresti di piantarla col romanticismo?

"Siamo quasi arrivati," disse voltando la testa, più per distrarsi da quei pensieri che per avvisare Grant.

"D'accordo. Anche se l'escursione mi sta piacendo."

L'uomo era in ottima forma; impossibile che quella breve camminata potesse fargli sperare che sarebbero arrivati presto a destinazione. Cali lo condusse oltre una curva, scostò la foglia di un banano e la tenne ferma mentre Grant si metteva accanto a lei. Il braccio dell'uomo la sfiorò quando la raggiunse. Una scossa di energia la attraversò come un fulmine e la pelle d'oca già sperimentata tornò a piena forza. La cascata era un delicato frastuono.

"Splendido," disse Grant, avvicinando la bocca al suo orecchio.

Il respiro caldo dell'uomo le mandò un brivido attraverso il corpo e lei si mosse d'istinto verso di lui. Il gesto avvicinò i loro corpi, mentre il battito del cuore di Cali toccava livelli pazzeschi. La sua bocca si asciugò e lei non poté far altro che annuire quando le parole le morirono in gola.

"È un posto speciale per te?"

Incapace di trattenersi, Cali voltò la testa verso di lui e si ritrovò vicinissima al suo volto. Il richiamo di un uccello tropicale riecheggiò dagli alberi, sottolineando come loro due fossero soli in paradiso.

Cali non riusciva a muoversi. Per nulla. Non riusciva a muovere un dito o una ciglia. Nemmeno Grant si mosse; si limitò a sostenere il suo sguardo mentre il tempo si fermava.

"Splendido come te," mormorò infine l'uomo.

Un brivido la percorse; per fortuna riuscì a costringere i suoi piedi a muoversi e fece un passo indietro, spinta dal bisogno di spazio.

Che le era preso? Aveva appena conosciuto Grant, eppure doveva lottare contro l'impulso di gettarsi tra le sue braccia. Non era da lei essere tanto incauta, tanto emotiva. Soprattutto dopo quello che aveva passato.

Eppure avrebbe voluto lasciarsi andare al suo abbraccio e–

Si abbracciò da sola e scacciò quei pensieri dalla sua mente. Non avrebbe mai dovuto portare Grant in quel posto. Non avrebbe mai dovuto dirgli di portare il cestino da picnic.

"Va tutto bene?" Ancora una volta, la preoccupazione velò il volto di Grant, che si allungò per toccarle il braccio.

"Sì. È solo..." Cosa dire? "Ho solo più fame di quanto pensassi. Cosa c'è in quel cestino?" Era l'unica cosa che le era venuta in mente.

"Qualcosa che ti piacerà, spero. Dove ci sediamo?"

"C'è un'alcova al centro delle cascate. Lì è pieno di spazio."

"Fammi strada, allora. Hai la mia attenzione." All'ombra della foresta, entrambi si erano tolti gli occhiali e ora gli splendidi occhi azzurri di Grant scintillavano di un bagliore sorprendentemente giocoso.

E all'improvviso Cali si sentì spavalda.

Il dolce scorrere dell'acqua dalla rupe, vicino al punto in cui loro due avevano deciso di fermarsi a mangiare, aveva un suono pacifico. Grant infilò una mano nel cesto ed estrasse un paio di bottiglie d'acqua. Lui, d'altro canto, era tutto tranne che in pace mentre porgeva una bottiglia fredda a Cali. Le loro dita si sfiorarono e una scossa familiare lo percorse.

Innervosito dal suo continuo reagire alla donna, si concentrò sul tirare fuori una ciotola di frutta fresca dal cesto. La porse a Cali e ne tirò fuori una per sé. Quindi estrasse un vassoio di formaggi assortiti, dei cracker e dei salumi tagliati sottili.

"Hai pensato proprio a tutto," osservò Cali.

"Cerco di essere preparato," disse lui. Gli piaceva la nota di sorpresa che aveva udito nella voce della donna. "Non potevo sapere se tu fossi vegetariana o celiaca, per cui ho preferito andare sul sicuro."

Un sorriso tenero sollevò gli angoli della bocca di lei. "Sei un uomo molto previdente. Io non sono né vegetariana né celiaca, ma hai avuto un'idea carina."

Gli piaceva quel sorriso. "C'è dell'altro, se preferisci. Non volevo tirare fuori troppa roba. Ma nemmeno fare brutta figura, considerato che devi essere stata a molti picnic."

"Non ho mai fatto nulla del genere prima d'ora."

Grant si fermò nell'atto di tirare fuori un contenitore. "Non hai mai fatto un picnic?"

"Non–" Cali si interruppe e avvampò. Quella donna arrossiva come poche altre al mondo. "Voglio dire, sì, ma con la mia famiglia."

"Ah, intendevi dire a un appuntamento."

Cali parve nervosa. "Questo non è un… un appuntamento."

Che carina. "No, direi di no. Ma sono comunque sconvolto al pensiero che nessun uomo ti abbia mai portata a un picnic. Gli uomini di Windswept Bay sono per caso ciechi? O forse stupidi?"

"Beh, ecco…" Cali aggrottò le sopracciglia, poi si lasciò andare a una risata a bassa voce. "Non ne ho idea. Tu mi lasci davvero basita."

"Sei davvero carina quando arrossisci."

Cali si portò le mani alle guance. "È una maledizione che mi affligge da tutta la vita."

"Ah, e io che pensavo fosse merito mio." Grant non sapeva esattamente cosa gli fosse saltato in mente. Erano trascorsi mesi dall'ultima volta in cui si era sentito bene con se stesso, ma da quando aveva iniziato a trascorrere del tempo con Cali, il vecchio 'lui' continuava a saltare fuori con quelle battute terribili.

"Allora, sei ispirato?"

Non riusciva a distogliere lo sguardo da lei. "È

una domanda complicata, ma sì, lo sono. Molto. Cam non mi ha detto che sarei rimasto ipnotizzato da una delle sue sorelle. Beh, mi aveva sfidato a non innamorarmi di una di voi, ma pensavo stesse solo scherzando."

Cali si irrigidì e sbiancò in viso. "Io… Ascolta, Grant. Devo essere onesta con te. So che sei un bravo ragazzo e una persona piacevole, e so che ritieni doveroso ripagare un debito che credi di dovere a mio fratello. Sono lieta di avere l'occasione di lavorare con te, ma devo essere schietta: non sono in cerca. Sono uscita da un divorzio qualche mese fa e, credimi, non intendo ripetere l'esperienza. Sono venuta qui solo per mostrarti l'isola, in modo che tu possa trovare l'ispirazione. Proprio come hai richiesto."

Grant infilzò il melone che aveva nella ciotola con la forchetta e si diede dell'idiota per la propria insensibilità. "Chiedo scusa per aver esagerato. Non stavo pensando. Mi pare di capire che il tuo sia stato un brutto divorzio."

Per un attimo Cali non disse nulla. Lui avrebbe voluto prendersi a calci per la propria sconsideratezza.

"Non sono affari tuoi, ma sì. È stato brutto." La donna tirò fuori un acino d'uva dalla ciotola e se lo mise in bocca. Masticò lentamente mentre osservava la cascata, immersa nei suoi pensieri.

"Sei mai stato sposato?" gli chiese infine.

"No. Ho trentadue anni e non ho mai nemmeno avuto la tentazione di sposarmi. Non so se questo vada a mio sfavore."

"Credo che sia fantastico riuscire ad aspettare la persona giusta. Ma nella realtà, nessuno può sapere se le cose funzioneranno se non dopo il fatto compiuto."

"È un punto di vista piuttosto cinico." Del resto, Grant non avrebbe dovuto stupirsi: era chiaro che Cali aveva avuto un'esperienza molto negativa.

"Assolutamente. Lo detesto, ma al momento non riesco a pensarla diversamente, anche se ciò va contro quella che è la mia natura. È brutto essere persi dentro se stessi," concluse a bassa voce la donna.

Grant sapeva che non era solita condividere quel genere di pensieri. Lo capiva dal modo in cui si era espressa. Si allungò a posare la mano su quella di lei. "Hai solo bisogno di tempo."

Cali rilasciò un respiro tremante e non cercò di allontanare la mano. "Può darsi. Concentrarmi sul resort mi aiuta ad allontanarmi dai miei problemi e mi fa sentire meglio. Sono tornata a casa perché avevo bisogno di dare una svolta alla mia vita. Questo resort è tutto per me, in molti sensi."

Grant avrebbe potuto stare a guardarla per tutto il giorno. Perdersi nell'emozione dei suoi occhi e nel suono vellutato della sua voce. Ma soprattutto, avrebbe potuto perdersi nell'aiutarla a tornare a essere la donna che, lo sapeva, lei stava disperatamente cercando di tornare a essere. La sua confessione lo aveva aiutato a capirlo razionalmente, ma Grant lo percepiva anche a livello emotivo. Forse perché sapeva cosa Cali stava vivendo. Non era più lo stesso dall'incidente e non credeva che lo sarebbe mai stato. Una parte di lui avrebbe voluto essere l'uomo che era stato un tempo… ma un'altra parte di lui non poteva attraversare quel confine. Non riusciva a dimenticare ciò che era successo. Ciò che era andato perduto.

Ma lui non era il centro del mondo. Strinse delicatamente la mano di Cali; le avrebbe dato tutto il possibile. "Non è la stessa cosa, ma forse saprai che di recente sono sopravvissuto a un incidente aereo."

"Lo sapevo, sì. E volevo dirti che mi dispiace per i tuoi amici. Non ho voluto sollevare l'argomento perché so che deve essere stato difficile per te. Che tragedia orribile. Viverla in prima persona dev'essere stato tremendo."

"Grazie. In quell'incidente sono morti dei brav'uomini, che non meritavano di morire. Il fatto di averli persi e l'incidente... mi hanno cambiato. Non credo proprio che tornerò mai a essere la persona che ero un tempo, ma come te sto cercando di orientarmi in una nuova realtà. Non è facile. Venire qui è stato il primo passo." Con riluttanza, Grant lasciò la mano di Cali. "Ne uscirai più forte e dinamica della donna che già ho cominciato a conoscere. Mi sei di ispirazione."

"Grazie, ma..." Cali si interruppe, come per ritrarsi in se stessa. Un velo parve calare sul suo sguardo. "Ti ho portato qui in modo che la cascata ti ispirasse."

Grant si costrinse a non toccarle la guancia, perché era evidente che la donna stava cercando di mantenere le distanze. "Credimi, sono più ispirato di quanto tu ti renda conto."

"D'accordo, ma ho bisogno di un dipinto e l'ultima cosa che voglio è un dipinto che raffiguri me."

Grant scoppiò a ridere di fronte alla severità del suo tono di voce. "Rilassati. Avrai i tuoi dipinti."

Era bello ridere.

Cali si mise un altro acino d'uva in bocca e masticò; era il modo migliore per nascondere il sorriso che era così tentata di concedersi. Una mossa difensiva. Grant le aveva toccato qualcosa dentro e lei non poteva lasciargli capire quanto profondo fosse l'effetto che le aveva fatto. L'uomo sembrava capirla in modi che non intendeva analizzare, non in quel momento. "Allora, dimmi perché ti consideri in debito con Cam. Lui non ci ha detto nulla, solo che ti ha accennato riguardo ai progetti di rinnovo e alla mia idea di avere dei murali, e che tu ti sei offerto di realizzarli. Devo dire che sono rimasta sorpresa quando mi ha chiamato e mi ha dato il tuo numero, per poi dirmi che stavi venendo qui."

Grant posò un pezzo di formaggio su un cracker, poi piegò una fetta di tacchino e le porse il tutto. Cali lo ringraziò e lo guardò mentre preparava la sua porzione.

"Cam non vuole parlarvene perché continua a dire a me che ha fatto quello che avrebbe fatto chiunque. Ha visto un incendio dirigersi verso casa mia e si è messo in pericolo per proteggerla. Nel farlo è rimasto ferito. Le mie cose non valgono la salute di un'altra persona. Io gli sono stato grato per aver salvato la mia casa e il suo contenuto, ma lui vale più di semplici oggetti. Ero in debito con lui."

"Capisco. Naturalmente, lui ha omesso di menzionarlo. Non è venuto qui fintanto che era convalescente. Nessuno di noi ha mai saputo che si fosse fatto male. Mamma e papà sono andati a trovarlo e hanno visto la cicatrice sul suo braccio; è stato allora che abbiamo scoperto qualcosa."

"È proprio da lui. Nega con veemenza di aver compiuto un gesto eroico, al che io lo prendo in giro e gli dico che ha ragione: è stato un gesto idiota. La sua vita è più preziosa di quello che ha salvato. Ma sono comunque in debito.”

“E il resort ne trae beneficio.”

“Mi sembra una soluzione perfetta. Per Cam significa molto potervi dare una mano ad avviare il resort; figurati che voleva pagarmi la differenza tra il mio compenso normale e il vostro budget. Ma io gli ho detto che in quel caso avrei rifiutato il lavoro, per cui alla fine siamo giunti a un compromesso e io accetterò il pagamento.”

“Ma poi lo darai in beneficenza.”

“In questo modo ci guadagnano tutti. Non credi?”

Cali dovette ammettere che era proprio così.

CAPITOLO SEI

"Allora, raccontami un po' cosa è successo ieri," volle sapere Shar non appena vide Cali il giorno dopo.

"È stato fantastico. Grant è davvero una persona gentile." Una persona alla quale lei non aveva smesso di pensare per tutta la notte.

Shar rimase a bocca aperta. "Una persona gentile. Tutto qui? Mi prendi in giro? Voglio i dettagli. L'hai baciato?"

"Santa Maria," esclamò Cali. "Vuoi scherzare? Non ho alcuna intenzione di baciarlo. Perché me l'hai chiesto?"

"Perché io *voglio* che tu lo baci. Hai bisogno di dare una scossa alla tua vita e Grant Ellington sembra l'uomo giusto per farlo. Il fatto che tu sia stata sfortunata la prima volta non significa che tu debba rinunciare completamente agli uomini."

Dal canto suo, Cali non aveva la minima intenzione di lasciarle capire che non riusciva a smettere di pensare a Grant.

"Stai pensando a lui proprio questo momento! Sei arrossita e sappiamo che è Grant a provocarti questa reazione."

"Ma cosa–" Cali fulminò con lo sguardo Shar, pronta a negare, mentre Jillian passava fuori dalla porta. "Jillian, vieni qui," le ordinò.

"Mamma mia, sembri sconvolta," disse Jillian. "È la conseguenza del pomeriggio trascorso con un certo bell'uomo che conosciamo?"

Fu la goccia che fece traboccare il vaso. "D'accordo, ascoltate bene, voi due: dobbiamo stabilire dei limiti. Lo dirò una volta sola: smettetela di insistere."

Jillian si schiarì la voce. "Io non ho insistito. Spero solo che tu vorrai fare qualcosa anche per te stessa, come ad esempio esplorare le possibilità che potresti avere con una persona che ti interessa."

Cali sapeva che era impossibile tenere nascosto qualcosa alle sue sorelle. "E va bene, sono attratta da lui." Si diresse alla porta e la chiuse, non volendo rischiare che Grant passasse nei paraggi e udisse per caso la conversazione. Sarebbe stato troppo imbarazzante, per non dire pericoloso. Grant avrebbe potuto farsi un'idea sbagliata. Cali si voltò nuovamente verso le sue sorelle e lanciò un'occhiata molto eloquente a Shar.

"Non so cosa fare. Ecco, siete contente? Ho vissuto un divorzio terribile, un tradimento che mi ha sconvolto nel profondo. Ho paura, ma non riesco a smettere di pensare a lui."

Shar la abbracciò. "Non c'è nulla di male ad avere paura. Significa che ti stai assumendo un rischio, che stai cercando di superare un confine che ti sminuisce. È un bene."

"Non saprei," mormorò Cali.

"Cali." La voce di Jillian era gentile. "Ce la puoi fare. Hai il controllo della situazione. Se dovessi renderti conto che non ti senti a tuo agio o che questo non è quello che vuoi, potrai sempre tirarti indietro. Se non altro ti sarai data una mossa e avrai superato una barriera."

"È questa l'unica cosa che voglio per te." Shar si sfregò un braccio. "Che tu sia felice. Rivoglio mia sorella."

"Lo capisco. Sono felice, ma voi due potreste dovervi accontentare della sottoscritta per com'è adesso. Siete entrambe single e sembrate contente di esserlo. Olivia è single e adora la sua vita. Per non parlare dei nostri fratelli: tutti e quattro sono oberati di lavoro e sembrano cavarsela benissimo. Io sono l'unica a essersi sposata, ho visto crollare il mio matrimonio e ora sono felice, felicissima, di stare di nuovo da sola. Non capisco perché voi due crediate che io abbia bisogno di un uomo per essere felice."

Jillian assunse un'aria pensierosa. "Credo che la maggior parte di noi – escludendo qualcuno dei nostri fratelli – potrebbe ammettere che stiamo arrivando a un'età nella quale saremmo felici di trovare la persona giusta. Io lo sarei. Mi piacerebbe molto crearmi una famiglia. E Shar è–"

L'interessata la interruppe ridendo. "Shar non è pronta."

Cali rimase a bocca aperta. "Allora perché stai cercando di spingermi verso Grant?"

"Perché quell'uomo ti fa arrossire. L'ho detto e lo ripeto. Tu non arrossisci mai: sei una ragazza calma, fredda, compassata, ma un tempo ti piaceva divertirti. Quell'infame del tuo ex-marito ti ha rovinato l'esistenza e ti ha rubato qualcosa di cui hai bisogno: la tua energia... la tua sicurezza. Quella cosa che ti faceva brillare. Sei una donna intelligente, sexy, desiderabile, con un carattere divertente e di animo buono. Hai solo perso la strada. Il tuo rossore mi dice molte cose: mi dice che quell'uomo sta scuotendo il tuo mondo in senso buono. È ora che tu ritrovi la tua energia."

Cali non riuscì a trattenersi dal ridacchiare. Se c'era una cosa che si poteva dire di sua sorella Shar era che si trattava di una persona impudente e sempre pronta a incoraggiare gli altri. "D'accordo, ho capito, dottor Lovejoy. Dovresti avere uno show radiofonico. Manderesti in fallimento il vero dottor Lovejoy."

"E probabilmente sarebbe un bene," disse Jillian, per poi guardare Cali. "Ieri è stato un buon inizio per te. Ora vai avanti così. Tuffati."

"Ben detto, sorella," esclamò compiaciuta Shar.

"Allora, Grant ti porta da qualche parte oggi?" chiese Jillian.

Cali le rivolse un'espressione di blanda esasperazione. "Si spera che comincerà a dipingere, oggi. Ricorda: è per questo che è qui." Era stanca che tutto vertesse attorno alla sua vita privata.

"Vero." L'espressione di Jillian le fece capire che aveva colto l'antifona. "Sono appena tornata dalla spiaggia e l'impalcatura per il muro è pronta. La cassa col materiale è nel capanno degli attrezzi per il giardinaggio, ma è ancora chiusa."

Grant aveva chiesto a Cali se fosse stata libera quel giorno e lei gli aveva risposto di sì. Ma fino a quel momento non aveva fatto altro che chiedersi cosa stesse facendo Grant e dove fosse finito.

"Forse dovresti andare a controllare. Dopotutto, il progetto è tuo."

"Hai ragione," concordò Cali con emozioni contrastanti. Il progetto era davvero suo. Si incamminò verso la porta. Sua sorella aveva un'aria perfettamente innocente, ma aveva trovato il bottone da premere per convincerla a darsi una mossa quando le aveva ricordato che si trattava di una questione d'affari. "Se Grant dovesse passare di qui, fategli sapere che lo sto cercando."

"Lo faremo," dissero all'unisono le altre due.

Cali non si prese la briga di rispondere; le salutò invece senza voltarsi mentre usciva in corridoio e scendeva le scale.

Horace Finley, l'addetto alla manutenzione, abbassò lo sguardo dalla scala in cima alla quale stava riparando una plafoniera. "Sorridi, Cali. Sembra che tu abbia appena annusato del pesce marcio."

Cali rise. "Grazie, Horace."

"Non c'è bisogno di ringraziarmi. Dico solo quello che vedo. Ma visto che hai già quella faccia, tanto vale che ti dia la brutta notizia: l'impianto di condizionamento è alle ultime battute. Mi dispiace dovertelo dire.”

Le spalle di Cali si curvarono. “Sei sicuro?”

“L’ho rattoppato per l’ennesima volta, ma perde refrigerante e il motore è vecchio di secoli. Probabilmente non arriverà a fine stagione.”

Proprio quello di cui Cali aveva bisogno. Quando aveva accettato di fare società con le sue sorelle e assumere la conduzione del resort, suo padre le aveva avvisate: il posto era vecchio e ci sarebbero state numerose spese da affrontare. Eccone una. Ci sarebbero voluti migliaia di dollari per installare una nuova unità centrale nell’edificio principale. Per non parlare di quelli, a loro volta vecchissimi, delle camere. “Beh, in fondo mi avevi avvertito, Horace,” mormorò lei. “Grazie, credo.”

L’uomo si strinse nelle spalle. “Se non è una cosa, è l’altra.”

“Grazie, Horace. Sei davvero di conforto.”

“Faccio solo il mio lavoro, signorina. Manterrò in funzione l’impianto il più a lungo possibile, ma tieni presente che sta per salutarci. Mi dispiace.”

"Lo so. Non è colpa tua: fai dei miracoli e noi te ne siamo grate. Papà ti ha sempre chiamato Superman, e a ben ragione."

L'uomo gonfiò il petto. "Una volta riempivo meglio l'uniforme."

Nonostante la notizia che Horace le aveva appena dato, Cali gli sorrise. "Avrai anche settant'anni, ma ne dimostri cinquanta."

Horace sbuffò. "Questa è una menzogna bella e buona, e tua madre ti ha insegnato a non mentire."

Cali rise. "Vero. Ci vediamo. Nel frattempo, comincerò a cercare un condizionatore nuovo." Cercando di non pensare ai dollari che avrebbe dovuto trovare da qualche parte, in qualche modo, uscì e si incamminò verso la piscina, ma Grant non c'era. Poi si avviò verso il muro esterno. Come le aveva anticipato Jillian, l'impalcatura era stata fissata, ma Grant non era nemmeno lì. Cali fissò per un attimo l'acqua e cercò di togliersi dalla testa il peso della mostruosa unità centrale che avrebbe dovuto comprare. Le pareva di averlo tutto sulle spalle. Scacciando quel pensiero, tornò nella lobby e si fermò al telefono per comporre il numero della stanza di Grant.

L'uomo rispose subito. "Ah, eccoti," disse lei.

Grant ridacchiò. "Eccomi. Dove dovrei essere?"

"Scusami." Cali si massaggiò una tempia. "Non volevo essere brusca. Ti stavo cercando, ecco tutto. Avrei dovuto controllare prima nella tua stanza."

"Va tutto bene. Perché non sali? Sono appena tornato da una corsetta. Ho trovato alcuni bellissimi posti di cui ho fatto degli schizzi; se hai un po' di tempo, vorrei mostrarteli."

Era uscito a correre. Lei non l'aveva fatto quella mattina, nel caso Grant avesse avuto bisogno di lei. "Certo. Arrivo subito."

Dunque aveva fatto progressi. Era un bene. Prima avrebbe finito, prima lei avrebbe potuto iniziare a far pubblicità; forse, con un po' di fortuna, il resort si sarebbe riempito durante la bassa stagione, il che avrebbe contribuito a pagare i costi per l'aria condizionata. Grant non aveva disegnato nulla il giorno prima, ma ora diceva di aver fatto degli schizzi. Questo significava che non era stato davvero ispirato dalla cascata? D'altro canto, lui e Cali avevano parlato così tanto che Grant non aveva avuto l'occasione di tirar fuori il blocco degli schizzi.

Gli avevano dato una suite all'ultimo piano del resort. Era spaziosa, con vista sulla baia. Cali si chiese se il paesaggio a base di acqua cristallina e barche a vela l'avesse ispirato come faceva sempre con lei. Adorava quelle acque azzurre e il molo sulla spiaggia dove galleggiavano le barche. La navigazione a vela era un passatempo molto diffuso sull'isola.

Arrivò al quarto piano e percorse il corridoio fino alla suite. Le farfalle le svolazzavano nello stomaco mentre bussava. Quasi prima che lei avesse finito, la porta si aprì e Grant apparve... indossando solo dei pantaloncini da ginnastica e un asciugamano avvolto attorno al collo.

CAPITOLO SETTE

Cali rimase a bocca aperta e perse la voce, lo sguardo bloccato sul petto umido dell'uomo. Muscoloso e ben definito, quel petto rendeva chiaro che, pur essendo un artista, Grant si teneva in forma. Ma del resto, suo fratello Cam era snello e possente grazie al lavoro che svolgeva al ranch, per cui come mai i muscoli di Grant la sorprendevano tanto?

Una macchina da lavoro spietata ed efficiente... Il vecchio adagio le risuonò in testa. O era 'macchina da guerra'? Grant non era un guerriero né tantomeno una persona spietata, per cui come mai le era venuto in mente? Si riscosse e si costrinse a distogliere lo sguardo da quel petto snello, forte, meraviglioso, e a sollevarlo per incontrare i penetranti occhi azzurri di Grant.

"Buongiorno." L'uomo le rivolse un sorriso perfetto mentre si sfregava i capelli umidi con un lato dell'asciugamano. "Scusami: stavo per infilarmi sotto la doccia quando mi hai chiamato."

"'Giorno," squittì Cali. "Sei in forma." Quelle parole le uscirono di bocca prima che lei potesse rimangiarsele.

"Ci provo." Il sorriso smagliante di Grant si allargò e lui si fece da parte per lasciarla entrare nella stanza. "Vieni pure."

Cali aveva visto un milione di uomini a torso nudo; d'accordo, forse non così tanti, ma aveva trascorso buona parte della sua vita in spiaggia e ne aveva visti parecchi. Sull'isola era normale che gli uomini non portassero la maglietta, per cui come mai aveva la sensazione che quello fosse l'unico petto importante, l'unico a risaltare, l'unico... Inalò e si costrinse ad allontanare i pensieri da quel torace perfetto, pregando di non essere arrossita come Shar diceva che faceva sempre quando stava vicino a Grant.

No, probabilmente era rossa come un peperone, perché avvertiva la forte necessità di una brezza fresca.

"Ci metterò pochissimo. Entra e mettiti a tuo agio. A proposito, questa stanza è fantastica." Grant la condusse verso le ampie finestre. Il tavolo era spostato di lato e l'uomo vi aveva disposto sopra alcuni disegni. "Da' un'occhiata a quelli mentre io sono via e dimmi se vedi qualcosa che ti piace." Le sorrise e deviò verso la camera da letto, chiudendosi la porta alle spalle.

Cali trasse un sospiro di sollievo e cercò di trattenersi dal farsi aria. "*Tu* mi piaci," mormorò mentre voltava le spalle alla porta chiusa e fissava il tavolo. Era in guai belli grossi. Meno di ventiquattr'ore ed era già persa. Incapace di trattenersi, si sventolò le guance ardenti mentre camminava verso il tavolo. Ciò che vide le strappò un sussulto.

C'erano dei disegni della cascata e della scogliera in cima alla quale brillava il vecchio faro. Ne prese in mano uno e rimase ipnotizzata dalla bellezza del disegno. Mentre guardava gli altri, uno schizzo parzialmente nascosto da un altro attirò la sua attenzione. Era una ciocca di capelli lunghi quella? Tirò fuori lentamente il foglio da sotto gli altri.

Fissò il proprio ritratto. Le si mozzò il fiato per il livello di dettaglio.

Nel disegno, la brezza le soffiava i capelli lontano dal viso mentre lei guardava la cascata che aveva di fronte.

Grant non aveva fatto quel disegno il giorno prima mentre erano assieme, ma in qualche modo era riuscito a catturare ogni dettaglio sulla carta. Era davvero impressionante. E fantastico. Davvero fantastico.

Come aveva fatto quell'uomo a catturare ogni sfaccettatura di lei in maniera tanto perfetta senza avere almeno una fotografia dalla quale copiare?

Il modo in cui l'aveva disegnata le provocava una sensazione viscerale e suscitava in lei un desiderio profondo. C'era determinazione nella mascella del ritratto, un barlume di entusiasmo negli occhi, e anche della pace.

Le venne un groppo alla gola. Grant aveva catturato un bagliore di qualcosa che lei non provava da tempo e che era stata certa non avrebbe provato mai più. Aveva creduto di aver perso per sempre tutte e tre quelle emozioni. Allora come era riuscito lui a scorgere oltre la facciata offuscata dei suoi sentimenti dopo il matrimonio con Paul e a vedere ciò che lei era stata un tempo, o perlomeno che aveva creduto di essere? Che in fondo Cali non avesse mai davvero avuto quell'aspetto?

Posò i disegni sul tavolo, si incamminò verso la porta scorrevole a vetri e uscì sul balcone. Una lacrima le scivolò dall'angolo di un occhio. L'asciugò e fissò Windswept Bay. Le si serrò il cuore mentre nuove lacrime le si accumulavano negli occhi. *Andate via.* Cercò di scacciarle, ma con suo orrore, altre scivolarono lungo la guancia al pensiero della persona raffigurata in quel disegno… una persona da tempo scomparsa. La donna che lei aveva perso negli ultimi anni. Quella che temeva di non ritrovare mai più.

Si asciugò gli occhi, ma le lacrime continuarono a scorrerle lentamente lungo le guance. Se le tamponò con un angolo della camicetta e tirò su col naso.

"Cali, va tutto bene?"

Si asciugò rapidamente le lacrime con dita tremanti. Nessuno – né le sue sorelle, né i suoi genitori, né i suoi migliori amici – l'aveva vista piangere da quando era tornata alla baia. E Cali era decisa a far sì che la situazione non cambiasse. Ma mentre scuoteva la testa e rimaneva rivolta verso l'acqua, capì che non sarebbe riuscita a nascondere le lacrime a Grant.

Aveva ragione. L'uomo la raggiunse immediatamente alle spalle; le sue mani forti si posarono sulle sue spalle mentre la faceva voltare nella sua direzione. La sua espressione era rannuvolata dalla preoccupazione. E naturalmente, una lacrima che le era sfuggita le rotolò lungo la guancia proprio in quel momento. Subito Grant la prese tra le braccia e la strinse forte; era una sensazione così bella che le fece venire voglia di piangere ancora più forte.

"Perché piangi? Cos'è successo?"

All'inizio Cali non riuscì a rispondere, da tanto si sentiva sopraffatta. Un profumo pulito di sapone e schiuma da barba l'avvolse e le sue ginocchia si fecero deboli. Il suo cuore martellava contro quello di Grant. Si sentiva schiacciata da lui, dal disegno, da tutto.

L'uomo le accarezzò dolcemente la schiena. "Con calma," la invitò.

"Mi hai ritratta," riuscì finalmente a dire lei.

"È per questo che stavi piangendo?" Grant si staccò leggermente da lei; nei suoi occhi dallo sguardo intenso ardeva un fuoco. "Mi dispiace. So che mi avevi detto di non farlo, ma non credevo che ti avrei fatta piangere."

Una risata le sfuggì nonostante l'angoscia. Era terribilmente imbarazzata per il fatto che lui l'avesse scoperta piangere, e per di più era tra le sue braccia. *Ma, santo cielo, era fantastico.* Non riusciva a pensare lucidamente per colpa della sensazione delle braccia forti di Grant attorno alle sue. E della sensazione del petto di lui contro il suo. "Non è come pensi. I tuoi disegni mi sono piaciuti tutti. È che… hai catturato nella mia espressione qualcosa che credevo di aver perso. Lo hai visto o te lo sei semplicemente immaginato?"

Aveva bisogno di conoscere la risposta a quella domanda. Si era trattato di un semplice caso, dovuto alle doti di disegnatore di Grant e completamente privo di significato? Oppure c'era dell'altro? Grant era forse riuscito a vedere qualcosa in lei che Cali non riusciva più a vedere?

"Ti ho ritratta per come ti ho vista. Come la mia mente aveva catturato la tua immagine in quel momento. Il tuo aspetto è rimasto impresso nei miei ricordi."

Il cuore di Cali mancò un battito alle sue parole. Inclinò la testa per guardarlo.

Grant sollevò una mano e, usando il polpastrello del pollice, le asciugò delicatamente le lacrime dalle guance. "Non piangere, Cali. Vedo che sei rimasta profondamente ferita e che hai paura di lasciarti andare. Ma ieri, nella Jeep e alle cascate, in te è emerso qualcosa che probabilmente non sapevi nemmeno di avere."

Cali fu colta da un profondo sentimento di speranza. Grant lo aveva visto: aveva visto ciò che lei era stata un tempo e l'aveva catturato sulla carta in modo da poterglielo far vedere. Da poterglielo far sentire.

Avrebbe tanto voluto toccargli la guancia.

Passargli il pollice sulle labbra e poi sentire quelle labbra catturare le sue.

Ebbe la sensazione che il suo stomaco non avesse fondo quando il pensiero fece diffondere un calore per tutto il suo corpo. Gli occhi dell'uomo si scurirono e la sua mano accentuò la presa sulla schiena di Cali mentre la attirava a sé.

Lei sentì il corpo forte di Grant irrigidirsi contro il suo e, senza riuscire a trattenersi, portò la mano alla sua mascella. L'uomo stava per baciarla.

Grant chinò la testa, poi le sfiorò la tempia con un bacio. "Cali, tu sei una donna splendida. Ma ne hai passate tante."

Era vero. Il buonsenso riemerse in lei con l'intensità di una scossa elettrica. Cali si allontanò da Grant. La sua mano andò al lobo dell'orecchio, che lei si tirò mentre gli voltava le spalle e afferrava la ringhiera. "Mi dispiace. Non so cosa mi sia preso."

"Va tutto bene. Per quanto mi riguarda, non ci sono problemi. Potrei abbracciarti per tutto il giorno e…" Grant lasciò la frase in sospeso.

D'istinto, Cali capì che era stato sul punto di dire

"tutta la notte."

Doveva cambiare argomento. "Come hai fatto a ricordarti di me e di quei posti con tanta chiarezza?"

"Quando si tratta delle cose che mi piacciono, uso la memoria fotografica. È un po' come riuscire a scattare delle foto con la mente."

Quel nuovo argomento le piaceva. Era molto affascinante per lei e le diede il tempo di allontanarsi dalle proprie emozioni e di concentrarsi su Grant. Aveva bisogno di tornare a stabilire un rapporto professionale. Ottenere quella distanza, apprezzando al tempo stesso il lavoro dell'uomo, era l'ideale. Non perdere la testa per lui, pensando a baci e ad altro.

Quello non era certo professionale.

"È fantastico. È sempre stato così per te?"

Grant annuì. "Sì. Certo, non riesco a ricordare tutte le conversazioni che ho avuto in vita mia o tutte le pagine di un libro, anche se ci vado vicino. In compenso, ricordo ogni dettaglio di una stanza o di un paesaggio dopo esserci stato anche solo per pochi istanti, ma solo se esso cattura la mia creatività. È una dote molto utile nel mio lavoro."

Cali aveva catturato la sua creatività.

Quella consapevolezza la scaldò dentro e sfiorò un angolo buio del suo cuore.

"È pazzesco," disse, lieta che la sua voce avesse un suono quasi normale.

Grant ridacchiò. "È un dono del Signore; non posso certo prendermene il merito. Ce l'ho fin da quando sono nato. Ma dopo l'incidente non mi sono più sentito ispirato da nulla."

"Mi dispiace. Ma sono felice che ora la situazione sia cambiata."

"Anch'io."

Il momento si protrasse. Cali iniziò a pensare a come sarebbe stato tornare tra le braccia di Grant, ma quando nella testa le apparve Shar che canticchiava per incoraggiarla a baciarlo, si rese conto che doveva darsi una calmata. "Suppongo che tu abbia ragione. Riguardo a quel tratto, quello con cui sei nato. Ma parlando del tuo talento artistico, hai cominciato fin da subito a dipingere con tanta perfezione?" Indietreggiò di un passo.

"Riguardo a questo devo dire che anche il mio

talento è un dono, ma ho dovuto affinarlo. Ho preso per la prima volta in mano un pennello al college, durante una lezione di arte, che all'epoca era l'unica attività extracurricolare che avevo modo di seguire. Sono rimasto conquistato fin dalla prima pennellata. L'opera in sé non era granché, ma la sensazione che ho provato quando ho spennellato di giallo la tela e mi sono reso conto che ero in grado di creare qualcosa…" Grant annuì in modo molto attraente. "È stato come trovare un tesoro. Riuscivo a immaginare ciò che volevo rappresentare e ho cominciato a trasferire i pensieri dalla mia mente alla tela."

"Per cui la tua prima opera non era bella? Fatico a crederlo."

"Era un'opera da dilettante, ma questo non mi ha scoraggiato. Dentro di me, sapevo di poter fare di meglio. E mi divertivo. Per cui cominciai ad affinare la mia arte raffigurando i paesaggi e i cavalli del Texas e ne fui felice. Ma la prima volta che dipinsi una scena oceanica sulla tela, capii di aver fatto la cosa giusta."

"Io amo tutte le tue opere." Era un'affermazione assolutamente sincera.

Il fatto che Cam fosse vicino di Grant era pura casualità. Cali era una sua ammiratrice da prima ancora che suo fratello comprasse la terra confinante.

"Quale di quei disegni creerai per il resort?"

Grant si voltò, rientrò nella stanza e prese un foglio. "Questo è per la lobby." Era la cascata, ma raffigurata dalla prospettiva di un osservatore al di sotto della superficie dell'acqua, che guardava verso l'alto. Un banco di pesci era raffigurato nell'acqua. "Sempre che tu approvi. So che avevi qualcos'altro in mente."

Cali si spostò sulla soglia osservò lo schizzo. Aveva pensato che la sua idea fosse buona, ma questa era diversa. Colma del senso di meraviglia che era il tratto caratteristico delle opere di Grant. "Mi piace moltissimo."

Un sorriso sfiorò le labbra dell'uomo. "Sei sicura di fidarti di me?"

"Sì. E gli altri murali?"

"Non ho ancora trovato l'ispirazione, a meno che tu non voglia che raffiguri te."

"No," rispose subito Cali.

Grant rise. "Proprio come pensavo. Che ne dici di questo, invece?" Estrasse un disegno che raffigurava una scena completamente subacquea, la quale vedeva con protagonisti delle tartarughe di mare e un colorato assortimento di pesci. "È semplice, ma mi sembra adatta alla piscina. Mi piacerebbe portare gli animali dai bambini."

"Shar ne sarà felicissima. Collabora con l'ospedale delle tartarughe marine dell'isola."

"Perfetto, allora. Dipingendo le tartarughe, aiuteremo ad attirare l'attenzione sul lavoro dell'ospedale."

"Perfetto," ripeté Cali. Sapeva che, come faceva sempre, Grant avrebbe nascosto dei tesori nei suoi dipinti, delle chicche che l'osservatore avrebbe dovuto cercare con attenzione. Un mucchietto di sabbia luccicante con un granchietto che sbirciava di nascosto gli spettatori, e che sarebbe passato inosservato a chiunque non lo avesse cercato attivamente.

"Sono davvero felice. I bambini si divertiranno tantissimo a scoprire le cose che avrai nascosto tra i coralli e le rocce."

"Ci spero sempre. Ascolta, devo essere onesto con te: sarà la prima volta che dipingerò dopo l'incidente. Non posso garantire che questo sarà uno dei miei lavori migliori."

L'uomo le passò oltre e tornò alla ringhiera, da dove si mise a fissare l'oceano. Ogni suo lineamento era teso. Cali gli si mise accanto e all'improvviso avvertì il desiderio di spianare quelle rughe con la punta delle dita... o con le labbra. Stava perdendo la testa, ecco. Oppure Shar si era trasferita nella sua mente, il che era infondo la stessa cosa.

"Andrà tutto bene." Appoggiò la mano sopra quella di Grant. "Il fatto che tu abbia sofferto tanto testimonia quanto volessi bene a quegli uomini."

"Gliene volevo. Ma fare qualcosa che mi dia gioia mi sembra sbagliato. Non riesco a spiegarlo. E fino a quando non sono arrivato qui e non ho trascorso del tempo con te ieri, non ero nemmeno sicuro che dipingere mi avrebbe più dato gioia. Ma è così. Ora, finalmente, lo so."

Cali allontanò la mano da quella di lui, fin troppo consapevole delle scintille che le scoppiettavano dentro. "È un buon punto di partenza," si affrettò a dire. "Strada facendo, penserai al resto."

Grant annuì. "Almeno per il momento, la situazione è questa. Volevo solo metterti in guardia."

"Ne prendo atto. Ora farò meglio ad andare e lasciarti lavorare." Cali si incamminò verso la porta a vetri scorrevole.

"È così che fai tu? Improvvisi strada facendo?"

Cali si fermò con una mano sull'intelaiatura della porta. "Sì. È l'unica spiegazione che posso dare. Sono tornata su quest'isola, nel luogo e dalle persone che amo. Mi tengo occupata e sono decisa a voltare pagina." Era vero.

Il fatto che fosse infatuata di lui non significava nulla.

Infatuata. Ecco la parola giusta.

Spiegava tutto.

CAPITOLO OTTO

Cali tornò al lavoro dopo che Grant le ebbe espresso l'intenzione di cominciare a lavorare sulla lobby non appena avrebbe organizzato i suoi strumenti di lavoro. Ora che l'uomo aveva preso la decisione di dipingere, sembrava distratto, e mentre si allontanava lei sperò che ciò fosse dovuto al pensiero del lavoro che lo attendeva e non alla tragedia che si era lasciato alle spalle.

Conosceva quel genere di situazione, anche se il suo dramma era molto diverso da quella di Grant. Nel tragico passato di lui c'era la morte di persone innocenti, il che non si poteva dire di quello di Cali. Paul non era stato una persona innocente, per non parlare del fatto che era ancora vivo e vegeto l'ultima volta che lei aveva avuto sue notizie. Era una delle tante ingiustizie della vita: spesso a morire erano dei bravi uomini e a rimanere in vita individui che non lo meritavano. Dio solo sapeva perché.

Cali non aveva intenzione di lasciarsi distrarre dal pensiero del suo ex, per cui lo ficcò sotto il proverbiale tappeto e, invece di ignorare i suoi pensieri per lui come faceva di solito, questa volta sferrò un bel calcio al tappeto, tanto per stare sicura.

E poi tirò dritta mentre il ricordo dello schizzo che Grant aveva fatto di lei le strappava un sorriso. Non riusciva a spiegare il perché, ma era bello pensare che l'uomo avesse visto in lei quella determinazione e quella forza. Anche quando lei non li percepiva.

"Adesso va meglio," disse Horace quando Cali uscì dall'ascensore. "Un sorriso su quelle belle labbra e il passo vispo."

Cali si mise le mani sui fianchi e inclinò la testa verso l'alto, dove l'uomo stava lavorando a un'altra plafoniera. "Sei sicuro di stare lavorando e non di startene lì appollaiato a guardare tutti e a tormentarli?"

"Sto lavorando. E tormentando quante più persone possibili."

"Proprio come pensavo."

"Ehi, almeno così la vita rimane interessante. Mi piace guardare la gente e mi chiedo cosa sia successo al piano di sopra per averti fatto spuntare quel sorriso sulla faccia. Non sarà stato il nostro pittore, vero?"

Nulla sfuggiva a Horace. Cali non sapeva esattamente come egli facesse a sapere che era stata al piano superiore, ma non aveva intenzione di negare. "Credo che il signor Ellington comincerà a lavorare domani sul murale della lobby. Può darsi che cominci a organizzare le sue cose oggi pomeriggio o questa sera. Sarebbe utile se la tua squadra potesse spostare i mobili."

"D'accordo, capo. Quando è rientrato dalla sua corsa, Grant mi ha detto che probabilmente inizierà a lavorare oggi pomeriggio."

Cali sospirò. Ma certo che Horace lo sapeva già; come le era venuto in mente che potesse essere altrimenti? "Bene, vedo che è già tutto a posto. Sei un gioiello e lo sai."

Horace ridacchiò. "Sono solo un vecchio sasso a cui piace far contenta la gente."

"Se lo dici tu. Ci vediamo."

"Non dimenticarti dell'impianto per l'aria condizionata," esclamò l'uomo.

Cali gli rivolse un cenno da sopra le spalle mentre si dirigeva verso le scale. "Credimi, non lo farò." Col pensiero di Grant che l'aveva quasi baciata che le ronzava nella mente, un sistema di aria condizionata nuova ed efficiente sarebbe stato molto utile, perché quello che c'era in quel momento non era adatto. Cali stava per prendere fuoco.

Per fortuna l'ufficio era vuoto e lei ebbe modo di concludere il lavoro pomeridiano in santa pace. Il pensiero di Grant attaccava la sua concentrazione già a sufficienza, senza che lei dovesse preoccuparsi anche delle sue sorelle. Per le quattro si era messa in pari col lavoro e decise di finire prima. Tutti avevano il suo numero e sapevano come contattarla nel caso ci fosse stato bisogno di lei. E se fosse andata via ora, avrebbe evitato di vedere Jillian o Shar in tutta la giornata e avrebbe ritardato ancora per un po' i loro interrogatori.

Nello scendere passando per il corridoio posteriore e l'uscita privata, dovette lottare contro l'impulso di dare un'occhiata nella lobby e scoprire se Grant avesse già preparato tutto per il lavoro. Ma non lo fece. Pensava già troppo a lui e aveva bisogno di spazio.

La parete era piccola rispetto ad altre che aveva dipinto, ma a Grant sembrava alta un chilometro e mezzo e larga altrettanto mentre ci lavorava. Non riusciva a darsi una spiegazione: sapeva che Mike, il giovane pilota, e David, il suo amico, non se la sarebbero certo presa con lui se avesse voltato pagina, ma farlo era comunque difficile. E tuttavia, quel dipinto avrebbe potuto essere d'aiuto a Cali. Erano le lacrime della donna a incoraggiarlo. L'avrebbe fatto per lei.

Trascorse il resto del pomeriggio a lavorare nella sua camera, calcolando le proporzioni delle varie parti del murale; poi, verso mezzanotte, scese di sotto e si mise a lavorare. Horace, il suo nuovo migliore amico, aveva preparato i suoi colori proprio come lui gli aveva chiesto di fare.

La lobby era tranquilla a mezzanotte. L'anziana donna di turno alla reception rimase nel suo ufficio per la maggior parte del tempo, come se si fosse resa conto che lui voleva stare da solo.

Il fatto che Grant si fosse messo a lavorare a mezzanotte, del resto, era piuttosto eloquente.

E tuttavia, la prima pennellata fu difficile. Era cerulea, incisiva e profonda. Grant la fissò per un lungo istante dopo aver passato il pennello sul muro. Diceva sempre una preghiera prima di lavorare... Non avrebbe certo vinto un premio Nobel o dipinto qualcosa di profondamente significativo, ma voleva che il suo talento commuovesse la gente, che la spingesse a vedere la complessa bellezza e le meraviglie del Creato. Non era molto, ma era questo ciò che lui faceva.

Quella sera disse una preghiera per Mike, David e le famiglie che i due uomini si erano lasciati alle spalle.

Poi, con le mani meno salde di quanto fossero normalmente, si mise al lavoro.

Il mattino dopo, quando Cali entrò nella lobby, avvertiva un senso di attesa. Grant avrebbe cominciato a dipingere quel giorno; la sola idea la entusiasmava. Sarebbe stato difficile lavorare con la tentazione costante di guardarlo all'opera. Rimase sconcertata alla vista della folla che si era radunata nella lobby. L'ambiente era pieno quando lei vi entrò. C'era gente dappertutto e tutti stavano guardando Grant.

Cali gemette alla vista del dipinto sulla parete. "Ma…" fu tutto ciò che le uscì di bocca. L'uomo era in cima a una scala, la scala di Horace, e stava apportando gli ultimi ritocchi alla cascata. Una cascata magnifica, viva e mozzafiato.

"Ha lavorato per tutta la notte." Beth, una delle receptionist, si mise al fianco di Cali. "Laverne dice che ha cominciato verso mezzanotte ed è andato avanti come un pazzo. Lei è rimasta nell'ufficio, fuori dai piedi, guardando i monitor della sicurezza, perché non voleva interferire con la sua arte."

"Pensavo che avrebbe dipinto oggi e che ieri avrebbe solo preparato il necessario. Non avevo idea."

Beth sospirò. "Non so nemmeno se si renda conto che lo stiamo guardando. Finora non ha distolto lo sguardo da quella parete e da quei colori."

"Grazie, beh. Potresti portare la mia borsa nell'ufficio? Credo che sarà meglio controllare se ha bisogno di qualcosa."

"Ma certo. Se ha bisogno di aiuto, mi chiami e arriverò subito."

Cali porse la borsa a Beth, dopodiché si fece largo tra la folla degli ospiti. Arrivò in fondo alle scale e sollevò lo sguardo. "Ehi, Grant. È incredibile. È fantastico. Posso fare qualcosa per aiutarti?"

Dapprima Grant non parve accorgersi di lei, finendo invece il riflesso su cui stava lavorando. Poi la guardò; il cuore di Cali prese a battere fragorosamente di fronte all'intensità di quegli occhi, così blu che nemmeno l'oceano poteva competere con essi.

"Cali, dovresti essere a letto."

Lei rise. "Sono le otto di mattina. Sei tu che

dovresti essere a letto." L'uomo aveva l'aria stanca e provata, ma era impossibile non notare la vitalità del suo sguardo, in ogni suo movimento. Aveva detto che tendeva a focalizzarsi esclusivamente sulla sua pittura quando lavorava, ma lei non si era aspettata una cosa del genere. "Va tutto bene?"

"Sì. Ho quasi finito." Grant scese dalla scaletta e appoggiò il pennello in un contenitore. "Dormirò quando avrò terminato. Sono molto preso non riesco a fermarmi. Ma un po' di caffè liscio mi farebbe bene."

"Vado a prenderlo," disse una giovane donna, per poi districarsi a gran velocità dalla folla e correre verso il bar in fondo alla lobby.

Era assurdo, ma Grant parve sconcertato di vedere tutta quella gente. Quando la folla iniziò a battere le mani, Cali avrebbe potuto giurare che solo in quel momento Grant si fosse accorto di loro. "Grazie," disse in tono burbero. "Non volevo ignorarvi. Tornate più tardi e l'opera sarà conclusa."

"Eccomi! Le ho portato il caffè." La giovane donna attraversò nuovamente la folla di corsa. Non dimostrava più di diciott'anni. "È liscio, proprio come l'ha chiesto lei."

Cali non poteva certo biasimare la ragazza per la sua adorazione.

"Grazie." Grant si frugò in tasca ed estrasse alcuni dollari.

"Oh, no, non voglio denaro." La ragazza sollevò le mani e fece un passo indietro. "Pagherei per vederla dipingere." Sospirò, ma poi si illuminò e lanciò un'occhiata a Cali. "Potresti farci una foto?"

Cali riusciva chiaramente a vedere che Grant faticava a non risalire sulla scaletta. "Certo. Magari poi potresti andare in piscina e tornare quando l'opera sarà finita."

"Ma certo." La ragazza si affiancò a Grant e sorrise come se lui avesse appena chiesto di sposarla. Cali fece una foto ai due col telefono della ragazza e sperò che Grant non fosse venuto troppo accigliato. La ragazza afferrò il telefono si allontanò, fissandolo come se fosse stato d'oro. Una fangirl fatta e finita.

Cali non era messa così male… o almeno sperava.

"Capita spesso?"

"Abbastanza." Grant si accigliò e bevve un sorso di caffè, per poi appoggiare il bicchiere sul tavolino improvvisato accanto alla vernice. "Devo rimettermi al lavoro. Parleremo più tardi."

Poi risalì sulla scala con un nuovo pennello carico di pittura fresca ed escluse il mondo circostante.

L'aveva detto sin dal primo giorno che tendeva a perdersi nel suo lavoro.

La sua mente si blindava come il caveau di una banca quando prendeva in mano un pennello.

Quando Grant finì di dipingere, era esausto. Una volta che cominciava a lavorare, era come se tutto ciò che aveva dentro si riversasse sulla tela… o sulla parete, considerate le circostanze. Attesa e angoscia si mescolavano in lui durante la creazione dell'opera. E alla fine, il risultato era l'unica cosa importante. Il dipinto stesso lo calamitava, prendeva tutto ciò che lui aveva da dare e per un po', mentre Grant dipingeva, tutto il resto scompariva. Ma quando il lavoro era concluso, l'adrenalina se ne andava e Grant doveva pagare pedaggio.

Cali, che non si era intromessa, ma doveva essere rimasta nelle vicinanze, apparve mentre lui si dirigeva verso gli ascensori. Dal canto suo, Grant faticava a tenere gli occhi aperti.

"Grant?" chiese la donna.

Lui le porse il pennello che aveva ancora in mano. "Dopo."

"Le chiudo i barattoli di vernice," disse Horace, anche lui apparso dal nulla.

Grant annuì, poi si diresse al primo ascensore aperto e premette il pulsante per il quarto piano. L'adrenalina lo aveva tenuto in piedi fino a quel momento, ma ora tutto il corpo gli faceva male. Le sue braccia erano come pesi di piombo. Quando raggiunse la sua stanza, si tolse la maglietta e si sedette sul bordo del letto. Allungò le mani verso la chiusura dei pantaloncini, ma chiuse gli occhi per un attimo e cadde sulle coperte.

A volte gli capitava, quando il lavoro scorreva come lava in un flusso lento e ardente impossibile da arrestare. Ma non era mai successo che esso si portasse via tutto quello che aveva.

Grant chiuse gli occhi e si addormentò.

CAPITOLO NOVE

Cali non sapeva esattamente cosa fare. Quando Grant le aveva dato il pennello e se n'era andato, le era sembrato esausto. Lei non sapeva se ciò fosse normale per lui. O meglio, normale non lo era per niente, ma lei non aveva mai conosciuto un artista, dunque poteva darsi che un simile comportamento fosse ordinario per lui.

Non essendolo per lei, non riusciva però a dare un senso all'aspetto o al comportamento di Grant. Tutto ciò che sapeva era che era preoccupata. Doveva assicurarsi che Grant stesse bene.

Shar la raggiunse e le prese il pennello di mano. "Non è normale."

Era tipico di sua sorella dire ciò che le passava per la testa. "No. Hai ragione: non lo è."

"Penso io a sistemare. Tu vai a vedere come sta. Quando l'ho visto passare, sembrava che non dormisse da giorni. E che stesse male."

"Sì, è vero," confermò Jillian, scendendo le scale e raggiungendo le altre due. "Tieni, va' a controllare. Ho preso il passe-partout, nel caso ne avessi bisogno." Le mise in mano la chiave.

"Un momento, perché devo farlo io?"

"Ma per favore." Shar la fulminò con lo sguardo. "Dovresti guardarti allo specchio. Sei preoccupatissima e sai benissimo perché devi essere tu a dare un'occhiata a quell'uomo."

"Va bene," ringhiò Cali, dirigendosi verso l'ascensore. Non era sicura di cosa Shar credesse di aver visto nella sua espressione, ma si trattava di semplice preoccupazione. Tutto lì.

Quando arrivò al quarto piano, raggiunse la porta di Grant e bussò delicatamente. Nessuna risposta.

Forse l'uomo stava facendo la doccia. Non riuscendo a trattenersi e avendo bisogno di verificare che Grant non fosse svenuto per la stanchezza, Cali usò il passe-partout ed entrò nella stanza. La prima cosa che vide fu la maglietta di Grant sul pavimento. Esitò, il cuore che batteva all'impazzata. Avrebbe fatto meglio ad andarsene. Ma doveva verificare che Grant fosse a letto e non riverso a terra.

"Grant," chiamò a bassa voce. Non udì alcun suono, per cui diede un'occhiata nella stanza. L'uomo giaceva bocconi sul letto, i piedi che ancora toccavano il pavimento.

Oh... Qualcosa a cui Cali non volle pensare troppo si contrasse dentro di lei e, incapace di trattenersi, si chinò e ravviò con dolcezza una ciocca di capelli neri dalla fronte dell'uomo. Rimase in quella posizione a guardarlo. Persino nel sonno, rughe di stanchezza continuavano a segnare gli occhi di Grant e gli tiravano le labbra. Cali si chiese se per caso facesse fatica a dormire, dopo quell'incidente aereo che era costato la vita ai suoi amici. Si chiese quanto egli soffrisse dentro di sé, dove nessuno poteva vedere. Allungò una mano per toccarlo, ma la ritrasse appena in tempo, passando le dita sulla propria coscia invece che lungo le linee tracciate dal sole attorno agli occhi dell'uomo. I suoi splendidi occhi.

Si ritrasse di scatto. Doveva andarsene.

Il respiro di Grant era rilassato, tranquillo, pacifico. Proprio come doveva essere.

Cali doveva andarsene.

Deglutendo a fatica, fece un altro passo indietro, ma poi si ricordò che i piedi dell'uomo toccavano il pavimento. Non poteva lasciarlo in quella posizione. Si toccò la tempia, tamburellandoci sopra come se stesse verificando di avere ancora un cervello. Una volta dimostrato che così non era, s'inginocchiò e afferrò una caviglia di Grant, per poi sfilargli la Nike. Sospirò e il suo stomaco sprofondò un poco. Si affrettò a togliere anche l'altra scarpa. Grant grugnì. Cali lo guardò; non voleva certo che si svegliasse ora e la trovasse inginocchiata accanto al suo letto!

Era tentata di allontanarsi gattonando, ma poi si rese conto che sarebbe stato ancora più imbarazzante se Grant si fosse svegliato, per cui balzò in piedi.

Vattene subito.

Ma non lo fece. Invece, allungò una mano, afferrò il copriletto e lo usò per coprire Grant. La mano dell'uomo si mosse, posandosi sopra la sua. Lo sguardo di Cali corse agli occhi di Grant, che tuttavia stava ancora dormendo. Lei riusciva a malapena a respirare, figurarsi a pensare, mentre le dita di Grant si chiudevano attorno alla sua mano e se la portavano alla guancia, mentre lui rotolava sul fianco e le dava le spalle. Quel movimento la costrinse ad assumere una posizione molto scomoda, con la mano piacevolmente intrappolata contro la guancia di lui.

Gemendo, Cali chiuse gli occhi e, con tutta la delicatezza possibile, liberò le dita e si diede alla fuga.

Non si voltò fino a quando non arrivò all'ascensore e premette il pulsante per scendere.

Grant si rotolò nel letto e si sfregò gli occhi quando la luce del sole li aggredì. Gli pulsava la testa. Mettendosi seduto, si guardò attorno e, per un attimo, dimenticò dov'era. *Cali.*

Il dipinto.

Si passò una mano sul viso mentre i ricordi emergevano a spizzichi e bocconi. La gente doveva pensare che fosse impazzito. E stava morendo di fame.

Guardò l'orologio. Erano le tre del pomeriggio. Ma il pomeriggio di quale giorno?

Il cellulare che aveva in tasca cominciò a vibrare e lui lo tirò fuori. Lesse sullo schermo il nome di Cam e rispose. "Ehi," disse, la voce ancora roca per il sonno.

"Sei ancora vivo?"

"Più o meno. Sono appena tornato dal mondo dei morti."

"Beh, ne sono felice. Mia sorella era preoccupatissima."

"Mi dispiace. È stata dura. Ma l'ho fatto bene, Cam." Si sentiva leggero e sapeva di aver reso un buon servizio a Cali e al resort. Il murale che aveva appena realizzato era una delle sue opere migliori. Aveva messo tutto se stesso nell'acqua di quella cascata. Scoprire Cali che piangeva sul balcone il giorno in cui le aveva mostrato i disegni era stato come ricevere una freccia nel cuore. Avrebbe voluto baciarla, stringerla a sé e cancellare per sempre quelle dannate lacrime. Ma in quel momento si era detto che l'unica cosa che avrebbe potuto fare per lei sarebbe stato darle quei dipinti che tanto voleva. Ed era proprio quello che stava facendo.

Quando l'aveva accompagnata alla porta, era rimasto sconvolto da tutte le emozioni che la vicinanza della donna provocava in lui. Le lacrime non avevano fatto che alzare la posta in gioco.

"Sì, Cali mi ha detto che è qualcosa di incredibile." La voce di Cam si intromise nei pensieri di Grant. "Ma è preoccupata per te. Hai dormito per più di ventiquattro ore. È normale?"

"Non esattamente, no. Ma considerato che non mi facevo una bella notte di sonno da quando l'aereo è precipitato e che ho lavorato senza sosta al murale, suppongo che ci stia. Ho bisogno di fare la doccia e di mangiare qualcosa. Mi dispiace di avervi fatto preoccupare tutti. Cali?"

"Già. Cali mi ha chiamato due volte per chiedermi di chiamare te. Alla fine mi sono deciso a farlo. Sono lieto che tu sia tornato tra i vivi, si spera in più di un senso. Vatti a lavare. Ci penso io a chiamare mia sorella.”

“Grazie.” *Cali era preoccupata per lui.* Era bello saperlo.

Mise giù e si diresse verso la doccia. Aveva sognato che Cali gli rimboccava le coperte e gli accarezzava la guancia. Gli era parso reale.

Gli era parso giusto.

“È ancora vivo?”

Cali si mordicchiò l’interno di una guancia e fissò Shar. “Ma certo che è vivo.”

“Sono quasi le tre e nessuno, a parte te, lo vede da quando ti ha dato quel pennello ieri pomeriggio all’una.”

“Ho chiamato di nuovo Cam. Non ho intenzione di tornare nella stanza di Grant: ha bisogno di dormire. Era esausto. Credo che c’entri qualcosa lo stress dell’incidente e quello provocato dal fatto che non fosse sicuro di avere un altro dipinto dentro. Ha bisogno di dormire. Anche nel sonno aveva un’aria distrutta."

Charles si accigliò. "Va bene, ma io devo andare a dare una mano all'ospedale. Fammi sapere quando si sveglia la Bella Addormentata."

"D'accordo."

Jillian guardò sua sorella andarsene, poi si rivolse a Cali. "Sono sicura che tu abbia ragione. Può darsi che Grant abbia sofferto di insonnia e depressione, almeno fino a un certo livello, dall'incidente. Forse lavorare gli è stato d'aiuto."

Cali non era sicura che fosse il caso di parlare di depressione, ma poteva anche essere. Grant era vivo e i suoi amici erano morti; la tragedia gli aveva lasciato delle cicatrici che non tutti riuscivano a vedere.

Sperava che la consapevolezza di essere ancora in grado di dipingere gli sarebbe stata d'aiuto.

Non era riuscita a dormire la notte prima. Il pensiero di Grant l'aveva tenuta sveglia e avvolta in una coperta sulla sedia a dondolo in veranda.

Bussarono rapidamente alla porta, poi Grant fece capolino da dietro l'angolo. "Beh, sono ancora vivo."

Jillian balzò in piedi e corse da lui. "Ci hai

spaventate. Entra. Come stai? Devi essere affamato.”

“Sto morendo di fame, a dire il vero, ma sono vivo. Pensavo di chiedere a tua sorella se potesse portarmi da qualche parte a mangiare.”

Cali si alzò e sorrise. “Ehi,” disse con voce a malapena più alta di un sussurro. “Sei vivo.”

“Già. Ora, che ne diresti di portarmi a mangiare?”

“Ma certo che ti ci porterà.” Jillian guardò sua sorella e inarcò un sopracciglio.

“Sicuro. Certo.” Cali diede un’occhiata all’orologio. “Ma ho soltanto un’ora. Ho un appuntamento per un matrimonio.”

Jillian si accigliò e abbassò lo sguardo sui propri jeans, sporchi di terriccio come al solito. “Non sono esattamente vestita a puntino, altrimenti ti sostituirei.”

“Mangio molto in un’ora.”

Cali rise. “D’accordo, adesso andiamo a sfamarti, macchina da pittura che non sei altro. Spero solo che una delle tue fans non mi butti a terra per farsi un selfie con te.”

“Andrà tutto bene. Non sono così interessante quando non sono di fronte a uno dei miei murali con un pennello in mano."

"Dillo alla ragazza del caffè. Ti riconoscerebbe ovunque."

Il seguito rivelò che Cali aveva ragione. Andarono a mangiare in un ristorante sulla spiaggia e Grant si ritrovò costretto a posare per delle fotografie con dozzine di persone che lo avevano guardato realizzare il murale nella lobby.

Quando finalmente uscirono sul patio, Cali si diresse con riluttanza verso il suo ufficio. Era stato piacevole osservare Grant che interagiva coi suoi ammiratori. Anche lei lo ammirava e sapeva che pensare a lui l'avrebbe distratta per il resto del pomeriggio.

Grant guardò Cali che si allontanava. C'era dentro fino al collo: l'aveva quasi baciata due giorni prima, quando lei si era messa a piangere sul suo balcone. Poco prima, sotto la doccia, si era ripreso del tutto e gli era tornata in mente ogni cosa. Era rimasto devastato dalle forti emozioni che aveva provato quando l'aveva scoperta a piangere. Gli si era spezzato il cuore.

L'aveva vista piangere in silenzio, da sola, ed era deciso a scoprire il perché. Quanto era stato spiacevole il divorzio? Cali provava ancora qualcosa per l'ex-marito? Non gli sembrava possibile, considerato il poco che gli aveva detto Cam e ciò che aveva appreso da Cali. Allora qual era il motivo?

Aveva forse fatto qualcosa di sbagliato? Il ritratto da lui disegnato aveva fatto scattare qualcosa... perché?

Il desiderio di cancellare le lacrime dagli occhi di Cali e colmarli di gioia era fortissimo. Voleva rivedere la donna spensierata che era balzata nella Jeep il primo giorno ed era uscita dal parcheggio guidando sportivamente. Quella che l'aveva guardato con un barlume di sfida negli occhi, del quale probabilmente non si era resa conto nemmeno lei. Si chiese di nuovo il perché. C'entrava qualcosa il divorzio?

In tal caso, lui aveva intenzione di scoprirlo.

CAPITOLO DIECI

L a chiamò quella sera, mentre se ne stava seduto sulla spiaggia a guardare le onde. Si sentiva solo e nervoso e voleva sentire la sua voce.

"Ehi, sono io," disse quando Cali rispose.

"Ciao. Va tutto bene?"

Era una domanda difficile, che Grant decise di schivare. "Domani mattina andrò a comprare alcune cose che mi servono. Potreste venire con me? Prenderti un po' di tempo libero?"

La voce di Cali esitò. "Ma certo," disse infine. "Spero che tu abbia trascorso un buon pomeriggio."

"Sì. Domani ti farò vedere come. Buonanotte."

"Anche a te."

Breve e dolce: non si fidava ad andare oltre. Ma aveva un appuntamento.

E sperava che, l'indomani mattina, avrebbe avuto la testa un po' più salda sulle spalle.

Come no, pensò il mattino dopo. Gli bastò dare un'occhiata a Cali col prendisole e le infradito sottilissime per buttare fuori dalla finestra tutti i progressi che aveva fatto. Ma Grant aveva parecchie cose da mostrarle; si concentrò su quelle e non su quanto fossero belle le gambe di lei nel vestito giallo chiaro.

La sera prima non le aveva detto quanto era stato piacevole il suo pomeriggio, ma lo era stato, e molto.

"Dove vai?" gli chiese Cali quando, raggiunto il parcheggio, lei si diresse verso la Jeep e lui nella direzione opposta.

Grant sorrise. "Oggi sono motorizzato. Ho deciso che affidarmi alla gentilezza altrui durante il mio soggiorno qui non era da me, per cui Horace mi ha accompagnato dal suo amico Charlie, che possiede un negozio di auto usate, e ho comprato una Jeep tutta mia.”

“Non ci credo.” Cali ebbe un sussulto.

Lui rise della sua incredulità. “E invece è vero. Perché fai quella faccia sconvolta?”

“Il negozio di Charlie è un rottamaio.”

“Non parlare male della mia Jeep prima ancora di averla vista.”

“Ah no? Andiamo a vedere, allora.” La donna passò lo sguardo sul parcheggio e si soffermò immediatamente sulla Jeep di un azzurro sbiadito, che dimostrava almeno vent’anni, col parafango anteriore bianco e quello posteriore solo parzialmente dipinto. Se anche quello non fosse bastato a renderla immediatamente distinguibile, le gomme da fuoristrada la rendevano perfetta per l’esplorazione. Una risata spontanea sfuggì alla gola di Cali, che puntò il dito. “Fammi indovinare: è quella.”

“Non ridere. Forse non ha un bell’aspetto, ma con quella vai dappertutto. Forza, salta su.”

“Letteralmente, direi,” osservò Cali, fissando il sedile che si trovava all’altezza del suo petto.

"Devo farti la scaletta?" Grant le si mise accanto e le sorrise. Con sua gioia, Cali gli rivolse una splendida espressione scornata per poi afferrare la rollbar. Un attimo prima di salire in auto, si acciglò. "Forse dovresti distogliere lo sguardo. Non avevo in mente di scalare una montagna quando ho indossato questo vestito."

Grant lanciò un'occhiata all'abitino, che le arrivava all'incirca a mezza coscia. "Capisco quello che intendi. Se vuoi posso darti–"

"Ce la faccio da sola. Voltati, per favore."

Grant sospirò e si voltò.

"D'accordo, puoi salire anche tu."

La donna sedeva sul posto del passeggero, la gonna pericolosamente alta sulle cosce.

"Sei stata veloce." Grant girò attorno all'auto e si mise al volante. Le rivolse un ampio sorriso, sentendosi più sollevato di quanto non fosse da mesi. Era una bella sensazione.

Mentre percorrevano la spiaggia ed entravano in paese,

Cali avvertì, stando seduta accanto a Grant, lo stesso senso di euforia che aveva provato quasi sin dal primo momento in cui l'aveva conosciuto. Adorava il fatto che avesse comprato una Jeep tanto vissuta per girare per l'isola. Avrebbe potuto permettersi di acquistarne una nuova e rivenderla, perdendoci, se avesse voluto. Ma no, aveva comprato uno dei rottami da quattro soldi di Charlie, e il risultato era che ora sembrava parte integrante dell'isola. Come se fosse lì da sempre. Indossava un vecchio cappello da cowboy che gli riparava gli occhi dal sole e ricordava a Cali un video di musica country di Kenny Chesney che girava per un'isola a bordo di una Jeep scoperta. Proprio come Kenny, anche Grant pareva integrarsi con la vita sull'isola quando voleva rilassarsi.

"Sembri davvero rilassato e felice questa mattina," gli disse mentre la brezza salmastra le baciava la pelle e le passava tra i capelli nel corso del tragitto lungo la strada stretta.

"È vero. Quest'isola è meravigliosa. Sono felice di essere venuto qui. Ieri ho fatto qualche esplorazione. Ho fatto bene a realizzare il primo dipinto.

"Come ti senti? Non abbiamo parlato molto da quel giorno che sei uscita sul mio balcone."

Non era un discorso che Cali volesse affrontare in quel momento. "Va tutto bene. Ora preferirei parlare d'altro."

"Stavi piangendo."

E tu mi hai quasi baciato. "Hai catturato sul foglio qualcosa che mi ha commosso, tutto qui. Sono una ragazza. Le ragazze piangono."

"Ne riparleremo." Grant entrò nel parcheggio di un'azienda che affittava kayak, sita vicino a una laguna. Era un luogo molto frequentato dai turisti.

"Sul serio, Grant, preferirei non farlo. Soprattutto in un parcheggio così affollato."

"Oh, no, ne parleremo più tardi, ma ne parleremo. Qui c'è quello che volevo mostrarti."

L'uomo scese dalla Jeep e, pur essendo ancora confusa sulla ragione della loro presenza lì, Cali lo seguì.

"Cosa ci facciamo qui?" Lo raggiunse sulla passeggiata di legno che conduceva lungo il fianco della struttura e sul retro, dove si trovavano l'ingresso e l'accesso alla laguna.

"Andremo a fare un giro in canoa."

Era trascorso parecchio tempo dall'ultima volta in cui Cali aveva remato nella laguna, ma lo aveva fatto parecchie volte da giovane. La laguna si dipanava attraverso l'entroterra di Windswept Bay e arrivava fino all'oceano. "Ma pensavo che avessi trovato qualcosa da dipingere."

"È così, ma sto ancora cercando di capire cosa sarebbe meglio fare. Oggi stavo parlando con Jax, il proprietario della Lagoon Adventures; è stato lui ad attirare il mio interesse. Mi ha raccontato di alcuni luoghi molto interessanti vicino ai quali scorre la laguna."

Fino a quel momento, Cali si era divertita, ma ora abbassò lo sguardo sul proprio vestito e poi lo riportò su Grant. "Non sono esattamente vestita per andare in kayak. Avresti potuto chiedermelo prima."

Grant assunse un'aria contrita. "Avevo paura che avresti detto di no."

"Posso ancora dirlo," osservò lei; ma la sua irritazione evaporò quando lui le sorrise. Quell'uomo era troppo accattivante.

"È vero, puoi dirlo, ma spero che non lo farai. Davvero."

Grant le tese la mano. Cali si disse che presto se ne sarebbe andato e che per il momento poteva anche godersi la sua compagnia. Che se ne sarebbe andato e che lei lo avrebbe usato come esperimento per provare a iniziare un nuovo segmento della sua vita. Shar e Jillian avevano ragione: Cali doveva voltare pagina. E Grant era un uomo fantastico, con una carriera fantastica, e sapere che sarebbe ripartito era come… come una sorta di rete di sicurezza.

La vita era piena di rischi. Poteva farcela.

Infilò la mano in quella di Grant. "Ancora una volta, all'avventura."

"Così ti voglio." L'uomo le fece l'occhiolino.

All'improvviso, lei non fu più tanto sicura di non aver commesso un errore. Quell'affermazione le suonava fin troppo bene.

Si diressero allo sportello, dove li attendeva un giovane uomo. "Sei tornato," disse costui a Grant.

"Ti avevo detto che mi avevi dato un'ottima idea,

ieri. Ma dovevo portare la mia amica. Vi conoscete?"

Il giovane aveva i capelli color sabbia e un aspetto da surfista. Cali lo trovò vagamente familiare, ma non lo riconobbe. "Non credo, ma mi sembri familiare. Io sono Cali Sinclair."

Gli occhi verdi del giovane si illuminarono. "Sei la proprietaria del resort. Ci lavora la mia ragazza. A proposito, io sono Jax." Tese la mano a Cali, che la strinse.

"Come si chiama la tua ragazza?"

"Blair Baines. Lavorava in giardino con tua sorella. Le piace moltissimo."

Cali adorava quella parte dell'essere di nuovo sull'isola: sapere che lei e le sue sorelle stavano dando lavoro agli abitanti del luogo e che questi ultimi erano felici dei loro lavori la faceva sentire bene. La consapevolezza di poter migliorare ulteriormente la situazione la spingeva a impegnarsi ancora di più. "Se Blair lavora con Jillian, sta imparando dalla migliore."

"Dice lo stesso anche lei. Allora, siete pronti a fare un giro della laguna?"

"Prontissimi," rispose Grant. "Volevo far vedere

una cosa dietro l'edificio a Cali. Torniamo subito."

"Ma certo."

Lo sguardo negli occhi di Grant colmò Cali di trepidazione. Ormai era un'abitudine. Grant la prese per mano e la condusse verso l'estremità dell'edificio. "Questo posto è fantastico: non solo ha accesso alla laguna, ma dal retro si può arrivare anche alla spiaggia." Girò l'angolo e Cali intravide la spiaggia in fondo al pendio della collina.

Una volta che ebbero svoltato l'angolo, Cali ebbe un sussulto alla vista del magnifico murale sulla parete. L'opera raffigurava una grande onda: nel tunnel da essa formato c'era un surfista, e diversi altri stavano osservando la scena dall'acqua. Ma erano le sfumature blu dell'acqua a essere spettacolari. L'opera non era al livello di quelle di Grant Ellington, ma era comunque magnifica.

"È magnifica," disse Cali, facendo eco ai propri pensieri. Si avvicinò al muro per toccarlo. "Mi ricorda il tuo lavoro."

"L'ho pensato anch'io. Stavo correndo lungo la spiaggia, ieri sera, quando l'ho visto. È stato il ragazzo a dipingerlo.”

“Wow. Gli hai chiesto qualche informazione?”

“No, prima volevo che la vedessi anche tu. Mi hai portato qui per farmi dipingere qualcosa di incredibile e sembra che sull’isola ci sia una persona dotata del talento necessario.”

Cali gli rivolse un’occhiata dura. “Vuoi rinunciare al lavoro?”

Piccole rughe si formarono agli angoli degli occhi di Grant. “No, ma volevo chiederti se ti dispiacerebbe nel caso mi facessi aiutare da Jax. Detesto vedere un talento come il suo non riconosciuto.”

Quella proposta lasciò Cali sconcertata. “Davvero faresti una cosa del genere?”

“Ho bisogno di una mano per il progetto grosso, e mi piace incoraggiare gli altri a mettere a frutto il loro talento.”

Quell’idea piaceva molto a Cali. “Certo, chiediglielo. Non riesco a credere di non aver mai visto questo murale. Ma del resto, ho trascorso diversi anni lontano da qui.”

Ripercorsero la strada che girava attorno

all'edificio e attesero che Jax avesse finito di aiutare un'altra coppia a salire sul kayak preso a noleggio. Dopo che i due ebbero preso i remi in mano e si furono avviati lungo la laguna, il giovane si voltò verso di loro, passandosi una mano tra i capelli lunghi fino alle spalle.

"Pronti?"

Grant annuì. "Prima vorrei parlare di quello splendido murale che hai dipinto."

"Va bene." Jax si strinse nelle spalle. "E grazie. Era una prova. Ma non è granché; non è un Ellington."

Grant rise. "Beh, ci va vicino. Forse è un po' rozzo sotto alcuni punti di vista e forse la tecnica non è quella giusta perché si conservi per anni, ma considerato il legno su cui l'hai dipinto, è fantastico."

Lo sguardo di Jax si fece molto perplesso. "Sembra proprio che tu sappia quello che stai dicendo."

Cali sorrise. "Certo che lo sa."

Grant non si era ancora presentato e lei si rese conto che, col cappello e gli occhiali da sole, anche una persona che conoscesse il suo aspetto avrebbe fatto fatica a riconoscerlo. "Tu hai del talento, Jax. Hai preso lezioni?"

Jax fece spallucce. "No; non posso permettermelo. Ho solo visto una bella foto on-line; mi è rimasta impressa e ho deciso di provare."

Grant scoppiò a ridere, una risata robusta, di gola, che fece ridacchiare a sua volta Cali e la coprì di pelle d'oca. Era evidente che Grant era piuttosto felice.

"Sei incredibile, Jax. Sai quanto talento ci vuole per prendere in mano un pennello e dipingere una cosa del genere? Hai un ottimo senso delle proporzioni e un buon occhio. Dovresti metterlo a frutto."

"Ehi, grazie. Ma non ci pago mica le bollette con cose come quella. Devo pur guadagnarmi da vivere. Tra non molto voglio chiedere a Blair di sposarmi ed è con questa impresa che mi mantengo."

Cali non riuscì più a resistere. "Jax, lui è Grant Ellington e adora la tua opera."

Jax parve sconcertato, poi strinse gli occhi; Cali intravide un principio di riconoscimento.

"Per la miseria, sei davvero tu."

"Piacere di conoscerti, Jax. E devo dire che, se è stato il mio lavoro a ispirarti a prendere in mano un pennello, ne sono davvero orgoglioso.”

“Wow, cavolo. Tu sei fantastico.”

“Tu lo sei. E potresti diventare migliore di me, se ti applicassi.”

Jax li guardò entrambi, incredulo. “Dici davvero?”

“Senza dubbio. E mi piacerebbe farti un’offerta: sto per cominciare a dipingere un paio di murali per il resort e ho bisogno di un assistente. Ti pagherei e tu potresti fare esperienza.”

“Davvero?”

Gli piaceva proprio quella parola.

Grant annuì. “Perché non passi domani? Ne riparleremo dopo che ti avrò mostrato l’impresa da affrontare.”

“Ma certo. Il minimo che possa fare è ascoltare quello che hai da proporre.”

“Siamo d’accordo, allora. Ora io e Cali andremo a vedere quale magia ci attende nella laguna.”

Jax fece un gran sorriso. “Buon divertimento. Ancora non riesco a credere che tu sia davvero qui.”

“Un giorno, qualcuno potrebbe dire lo stesso di te.”

Cali era felicissima di aver assistito a quella scena.

Prese Grant per mano e, muovendosi cautamente, si sedette sul sedile anteriore del kayak a due posti. La gonna la costrinse a fare qualche acrobazia per evitare situazioni imbarazzanti, ma alla fine riuscì a sedersi senza far rovesciare il kayak e senza finire in acqua. Pochi minuti dopo, lei e Grant stavano navigando lungo la laguna. Il fogliame verde formava un tetto sopra le loro teste e i suoni della foresta, ancora una volta, presero il sopravvento sull'ambiente circostante. Erano circondati dalla pace.

Ma Cali era tutto tranne che in pace. Grant le aveva appena mostrato un altro lato di sé e non faceva che migliorare. Ma lei era commossa dal fatto che l'uomo non si comportasse semplicemente in maniera umile: lo era. "Hai intenzione di accreditare Jax come coautore dei murali?"

"Ma certo. Imparerà molto lavorando su questi progetti. E se è bravo quanto sembra, avrà modo di guadagnare molta visibilità. Non fraintendermi: sono felice di lavorare a questo progetto per voi. Ma il pensiero di aiutare un ragazzo che non ha la minima idea della propria bravura è davvero piacevole."

"Ti piace ripagare i tuoi debiti con la vita."

"È vero. E anche pagarli in anticipo, come in questo caso, aiutando un artista di talento a emergere. Jax è l'esempio perfetto di una persona che non sfrutta quanto potrebbe le proprie capacità. Aiutarlo significa molto per me."

Cali sapeva che stava pensando a quegli uomini che erano morti. "Ti capisco. Qui arrivano artisti da ogni dove per dipingere. È una splendida idea."

Si lasciarono trasportare dalla laguna e per un po' rimasero in silenzio. Cali iniziò a rendersi conto che era trascorso molto tempo dall'ultima volta in cui si era rilassata e basta. Andare in escursione alle cascate era stato bello, ma pur sempre un'escursione. Ora non stava compiendo nessuno sforzo. Certo, erano in un kayak a remi, ma ci pensava la laguna a fare tutto il lavoro.

L'unico problema che riusciva a trovare nella situazione era che, quando era la laguna a fare tutto il lavoro, le restava più tempo per pensare. E stava pensando a quell'uomo così intrigante seduto accanto a lei.

CAPITOLO UNDICI

"Allora, come ci si sente a far parte di una famiglia tanto numerosa?" Grant sapeva che la famiglia di Cali era piuttosto grande e aveva bisogno di un argomento di conversazione. Stando seduto dietro di lei sul kayak, trovava la sua attenzione costantemente attratta dai setosi capelli biondi della donna e dai movimenti aggraziati delle sue braccia mentre infilava i remi in acqua. Si vedeva che sapeva muoversi in kayak, ma non era quello il dettaglio su cui Grant si era fissato… Continuava a pensare a come era stato averla tra le braccia. Continuava a pensare a tutto di lei.

Aveva bisogno di qualcosa di cui parlare e voleva saperne di più su di lei, per cui gli era parsa una buona idea chiederle della sua famiglia. Cali smise di remare e si guardò alle spalle. Aveva un volto che Grant avrebbe potuto fissare all'infinito.

"È al tempo stesso fantastico e opprimente. Riesci a immaginare cosa voglia dire essere una ragazza e crescere con cinque fratelli maschi? Diciamo che è stato interessante. La mia ancora di salvezza è stato il fatto di avere tre sorelle."

Grant rise. "Ti capisco. Ma capisco anche i tuoi fratelli."

"Immagino." La donna ridacchiò. "Per di più, come hai già avuto modo di vedere, le mie sorelle sono un po' impiccione. Ma non è una novità. Essere la più grande e con un trio di gemelle come sorelle minori è stato anch'esso molto interessante. Spesso mi sono sentita la loro cavia." Cali rise, una risata molto eloquente.

"Ho avuto modo di vedere due di loro in azione." Grant poteva solo immaginare come doveva essere stata la vita con tre sorelle minori dispettose. Udiva l'affetto e l'amore nella voce di Cali. Doveva essere stata una sorellona fantastica per quella banda di piccole delinquenti.

"Non dirlo a me." Cali infilò il remo nell'acqua e si adeguò al ritmo di Grant. Le parole le erano uscite di bocca prima che potesse riflettere.

"Stanno cercando di combinare qualcosa tra di noi, insomma?"

Cali lo guardò sconcertata. "Non–" L'inarcarsi delle sopracciglia dell'uomo arrestò il suo tentativo di negare. "Può darsi. Mi dispiace, ma sai che è tutto innocuo. Non sono interessata." E non lo era. Era infatuata, quello sì, ma non interessata.

L'espressione che Grant assunse nell'udire quelle parole era quasi comica. "Beh, grazie."

"No, volevo dire…" *Come aveva potuto essere tanto sconsiderata?* "Non stavo parlando di te. Parlavo di me."

Un gabbiano lanciò il suo grido nell'aria sopra le loro teste, annunciando che si stavano avvicinando al punto in cui il fiume sfociava nell'oceano. Lo sguardo di Cali fu catturato da quello di Grant; non riuscì a distoglierlo.

"Si tratta anche di me. E tu sei interessata."

Cali rimase di stucco, ma ancora non riuscì a distogliere lo sguardo da quello, diretto, di Grant. Deglutì a fatica. *Come avrebbe dovuto rispondere?* "È vero," disse infine. "Ma non farò nulla per concretizzare il mio interesse e tu dovresti saperlo. Non importa quanto insistano le mie sorelle."

"È a causa del tuo divorzio?"

Cali annuì. "Io ti ho avvisato."

Il bagliore negli occhi di Grant le mandò un brivido lungo tutto il corpo. Aveva la spiacevole sensazione che le sue parole fossero cadute nel vuoto.

Grant non aveva saputo in anticipo come Cali avrebbe vissuto la giornata. Aveva dovuto portarla lì, avevo dovuto mostrarle ciò che aveva visto, e sapeva che non sarebbe mai riuscito a distaccarsi dalle emozioni che la donna stava suscitando in lui. Grazie a lei, era riuscito ad allontanarsi dai pensieri dell'incidente, che lo perseguitavano di continuo. Cominciava a vedere di nuovo una strada di fronte a sé, ed era bello. La sindrome del sopravvissuto c'era ancora, ma Grant ora riusciva ad affrontarla meglio. Cali gli faceva sperare che ci fosse una luce alla fine del tunnel.

Condussero il kayak fuori dalla laguna e nella tranquilla baia. La fortuna fece sì che una coppia di focene si mettesse a nuotare accanto a loro. I corpi grigi e lisci degli animali luccicarono al sole quando essi balzarono fuori dall'acqua, inarcandosi e rituffandosi tra le onde in perfetta sincronia.

"Non mi stanco mai di guardarli," disse Cali, voltando la testa e rivolgendo a Grant un sorriso smagliante pieno di vita e di gioia.

"Nemmeno io," rispose lui. Quanto era bello quel sorriso.

Quando riportarono il kayak alla Lagoon Adventures, Grant aveva impresse nella mente immagini di Cali e dei delfini. Sapeva che la maggior parte dei visitatori sfoggiava una simile espressione gioiosa nell'osservare quelle splendide creature. Il problema coi murali era che lui sapeva che Cali non avrebbe voluto essere il soggetto dei dipinti. Ma se avesse potuto farlo, Grant l'avrebbe rappresentata in ognuno di essi.

Quando tornarono al resort, Cali aveva del lavoro da fare e ne era felice. Aveva bisogno di qualcosa che la tenesse coi piedi per terra. Si era divertita moltissimo con Grant. E aveva avuto ulteriori prove di come egli fosse un brav'uomo… dimostrando che gli articoli che aveva letto su di lui erano veritieri.

Il che rendeva ancora più difficile resistere all'attrazione che provava nei suoi confronti. Aveva bisogno di allontanarsi ed era lieta di avere in programma per quel giorno un appuntamento con una coppia, con la quale avrebbe dovuto discutere dei piani per il matrimonio che si sarebbe tenuto sulla spiaggia due settimane dopo. Sarebbe stata Jillian a condurre l'incontro, dato che si sarebbe parlato dei fiori e che Cali non era certo un'esperta in materia. Ma avrebbe comunque dovuto essere presente, nel caso ci fosse stato qualche dettaglio da modificare all'ultimo minuto.

Quando la coppia e la madre della sposa se ne andarono, Cali si voltò a fissare fuori dalla finestra. Il suo sguardo cadde all'istante su Grant, che proprio quel momento aveva cominciato a lavorare al muro della piscina.

Dalle finestre di vetro stanza-giardino dove si sarebbe tenuto il banchetto nuziale, Cali godeva di una visione perfetta su di lui. L'uomo indossava pantaloncini grigio talpa macchiati di vernice e una maglietta chiara anch'essa sporca di vernice secca. Era un abbigliamento simile a quello che aveva indossato nella lobby quando aveva dipinto, ma c'era qualcosa di diverso in lui ora.

Era rilassato. Non teso e invasato come era stato quando aveva realizzato quella splendida cascata. La notizia si era già diffusa e la gente stava arrivando fin da Tampa e da Naples per ammirare quel capolavoro, e tutti avevano intenzione di tornare a vedere gli altri due.

Grant sembrava tranquillo e a suo agio, quasi

come se l'isola fosse stata casa sua. Ma non lo era e Cali avrebbe fatto meglio a tenerlo a mente. Non poteva dimenticare che Grant se ne sarebbe andato.

"Terra a Cali. Terra a Cali…"

Qualcuno la stava chiamando per nome. "Hmmm?" mormorò, incapace di distogliere lo sguardo e i pensieri da Grant.

"Proprio come pensavo." Jillian le si affiancò. Il movimento e le parole strapparono finalmente Cali dalla quasi-trance che l'aveva colta.

"Cos'è che pensavi?" Cali guardò incuriosita sua sorella.

"Che questa è ben più di un'attrazione superficiale. Sei cotta e stracotta del tuo artista."

"Non è il mio artista," negò Cali. Incrociò lo sguardo eloquente di Jillian.

"Mi permetto di dissentire. E poi, lo stavi fissando."

Cali sospirò. "Tu sei troppo perspicace. Stavo pensando alla mattinata che ho trascorso in kayak nella baia con Grant. È stato tutto spontaneo e favoloso… Mi ero dimenticata come fosse sentire la brezza e il sole sul viso e l'acqua sotto di me."

Jillian si illuminò in viso. "Oh, Cali, sono così felice. Una volta ti piaceva tantissimo. Sono felice che Grant ti abbia convinta a uscire di nuovo. Lui ti fa bene."

"Lo conosco da meno di una settimana." *Da quanto, per la precisione? Quattro giorni? Cinque?* Ma era come se lo conoscesse da sempre.

"E allora? Ti fa comunque bene."

"Quell'uomo può essere terribilmente frustrante. Non ero nemmeno vestita adeguatamente."

"Eppure non sei bagnata o sporca, per cui la cosa deve aver funzionato comunque." L'ombra di un sorriso curvò un angolo della bocca di Jillian e piccole rughe comparvero agli angoli dei suoi occhi.

"È vero," disse Cali, cedendo al bisogno di parlare.

"Allora, ti ha baciata?"

Cali rimase a bocca aperta. Balbettò: "C-cosa… N-no. È una domanda che mi aspetterei da Shar, non da te."

Jillian scoppiò a ridere. "Non riesco a trattenermi. Voi due sembrate proprio combustibili quando siete vicini. Pensavo che forse…"

"Combustibili?"

"Assolutamente. Stai diventando di nuovo tutta rossa."

Cali aveva desiderato così tante volte che Grant la baciasse durante quel giro in kayak da essere stata felice di essere intrappolata nella parte anteriore della barca. Questo le aveva impedito di saltargli addosso. Per non parlare di quel giorno in cui l'uomo era svenuto a letto. Probabilmente era inutile cercare di negare i sentimenti che nutriva nei suoi confronti quando avvertiva vampate di calore ogni volta che lo guardava o che pensava a lui. Grant riusciva a vedere ciò che le sue sorelle vedevano così facilmente?

Lei sperava proprio di no.

"Invitalo a cena da mamma e papà questa sera. Tutti vogliono conoscerlo."

"Certo." Cali sapeva che Jillian aveva ragione, ma ora doveva preoccuparsi del fatto che tutti, in famiglia, avrebbero potuto notare la sua attrazione nei confronti di Grant. Se – quando – lo avessero fatto, come si sarebbe comportata lei?

CAPITOLO DODICI

Grant aveva quasi finito di stendere la base sul muro della piscina quando gli squillò il cellulare. Appoggiò il rullo nel suo contenitore e tirò fuori il telefono dalla tasca.

"Come va in Paradiso, ora che sei riuscito a dormire?"

"Meglio. L'ultima volta non te l'ho detto, ma questo posto è fantastico. La proprietà della tua famiglia è eccezionale. Ora capisco perché esiste da tanto."

"Sì, mi manca. Mi viene voglia di fare un salto lì.

Se potessi allevare e vendere bestiame e cavalli da laggiù, probabilmente non me ne sarei mai andato.”

“Ti capisco. Questa mattina, quando sono uscito a fare un giro macchina con Cali, ho notato che non molto lontano dalla spiaggia c'era un cartello con le indicazioni per un allevamento di cavalli con maneggio.”

“È una piccola attività, che si occupa perlopiù di cavalcate sulla spiaggia. Bess, l'anziana proprietaria, la gestisce ormai da anni. È stato lì che ho imparato a cavalcare da bambino e che ho deciso che da grande avrei avuto un ranch.”

“Dovrò dargli un'occhiata fintanto che sono qui.”

“Sì, dovresti. Dunque tu e Cali siete usciti in macchina questa mattina? Mi sembra che stiate passando molto tempo insieme.” Cam non cercò nemmeno di nascondere il proprio interesse.

“È fantastica. Mi sta mostrando l'isola per aiutarmi a trovare l'ispirazione per i murali.”

“Come ti sembra che se la stia cavando?” La voce di Cam si colmò di preoccupazione. “So che tu sei molto bravo notare le cose. Che ne pensi?”

"Credo che sia stata ferita in passato. È molto prudente e attorno a lei c'è un muro che potrebbe fermare uno tsunami." *Ma io sto facendo progressi.*

"Come pensavo. Senti, già che sei lì, potresti tenerla d'occhio? Portala fuori a cena, magari. Sei un bravo ragazzo, Grant. E so che ne hai passate tante e che hai i tuoi traumi da superare. Ma – mi è venuto in mente solo adesso – potresti dimostrarle che non tutti gli uomini sono come quello stronzo che aveva sposato."

"Sono felice che tu la pensi così di me. Ma certe cose vanno affrontate a tempo debito; lo so per esperienza. Non ne parlo molto, Cam, come tu ben sai, ma il lutto, il rammarico… cose che feriscono tanto a fondo non svaniscono solo perché gli altri si augurano la tua guarigione."

All'altro capo della linea, Cam tacque. Grant non voleva parlare dell'incidente aereo, ma aveva la sensazione di poter dare a Cam un'idea di ciò che stava vivendo Cali. Dal canto suo, lui sarebbe stato più che felice di essere d'aiuto in qualunque modo possibile. Forse, proprio perché lui e Cali avevano delle ferite aperte, avrebbero potuto aiutarsi a vicenda. O perlomeno distrarsi a vicenda dalle emozioni che si facevano guerra costantemente dentro di lui. Forse per Cali era la stessa cosa.

"Ho capito," disse infine Cam. "Ma per un fratello maggiore è normale voler essere d'aiuto. So che tutti, in famiglia, sono preoccupati perché temono che il divorzio sia stato peggiore di quanto Cali abbia voluto dare a intendere. È stata molto riservata al riguardo, ma è diversa. È più chiusa, ed è come se dentro di lei si fosse spenta una luce. Shar mi ha chiamato per dirmi che si illumina quando è con te."

"Cam, non posso negare che ci sia qualcosa, ma è tutto qui. Sto vivendo un momento difficile ed è chiaro che lo stesso vale per Cali. Per cui, se hai intenzione di fare come le tue sorelle e provare a combinare–"

"Io non combino un bel niente. Mi permetto solo di dirti di stare attento, ma anche che un appuntamento non farebbe male a nessuno di voi due."

Grant ripensò a lungo alle parole di Cam dopo che la conversazione si fu conclusa. Le pareti all'esterno richiedevano una preparazione più lunga di quella all'interno. Applicare un detergente alla parete per eliminare sporcizia e oli in eccesso che avrebbero potuto rovinare il dipinto gli diede del lavoro manuale da fare e molto tempo per pensare. Stendere il primer gli diede ancora più tempo, e sebbene alcuni tra coloro che passavano di lì mentre lavorava gli ponessero qualche domanda, la maggior parte lo lasciò in pace. La gente si era abituata a vederlo lavorare e gli lasciava i suoi spazi. Dopotutto, erano troppo impegnati a godersi le loro vacanze per farsi coinvolgere da ciò che stava facendo lui. Per quanto lo riguardava, Grant era contento nel sentire le risate dei bambini e i loro genitori che giocavano con loro in piscina. Era quella la parte del suo lavoro che amava di più: rimpiazzare una parete noiosa con qualcosa di bello, che avrebbe incrementato la felicità di coloro che l'avrebbero vista. Entro due giorni, se quelle famiglie fossero state ancora al resort, Grant sperava che il suo murale le avrebbe fatte ridere e sorridere per lo stupore. Era quello il dono che gli faceva il suo talento: quei sorrisi e quei volti felici. Ma quel giorno, la sua mente era persa nella contemplazione di un solo volto: quello di Cali.

Quando ebbe finito la preparazione, raccolse le sue cose e pulì gli strumenti.

"Come va?" La dolce voce di Cali fece irruzione tra i suoi pensieri. Grant si voltò e la trovò a poca distanza da lui. Il suo cuore aveva spiccato un balzo al suono della voce della donna e saltò ancora più in alto quando i suoi occhi trovarono il volto sorridente di lei. "Vuoi che chieda a qualcuno della manutenzione di occuparsene?"

Grant si mise le mani sui fianchi e la guardò. "Preferisco fare da solo; in questo modo, so che tutto verrà fatto in maniera corretta. E poi, Horace si è già offerto di darmi una mano."

"Capisco. L'importante è che vada bene a te. Senti, devo andare a cena a casa dei miei genitori. Me ne ero completamente dimenticata fino a quando Jillian non me lo ha ricordato qualche minuto fa. Loro sarebbero molto felici se venissi anche tu."

Grant esitò. Cali non sembrava del tutto felice di averglielo chiesto. Fu invaso dalla delusione. "Non mi sembri proprio entusiasta all'idea."

Cali si sfregò la ruga che si era formata tra i suoi occhi.

Alle sue spalle, un bambino emise un grido di gioia e saltò in acqua dal bordo della piscina. Grant lo vide la coda dell'occhio, perché il suo sguardo era fisso in quello di Cali.

"Non fraintendermi: amo la mia famiglia disperatamente. Ma... da quando ho divorziato, loro..." Cali arricciò leggermente il naso e assunse un'espressione simile a un sorriso. "Mi stanno addosso. Vogliono il meglio per me e mi viene quasi da pensare..." Fece una pausa e scosse la testa. "Come non detto. Il fatto è che le riunioni di famiglia, a volte, possono essere soffocanti. Io voglio che loro siano felici e al tempo stesso voglio che smettano di preoccuparsi per me. Ma è faticosissimo. E questo è un discorso che suona malissimo."

Grant sorrise e trattenne una risata di fronte all'onestà di Cali. "Vai, rilassati e goditi la serata con loro. Hanno buone intenzioni. So che questo è vero per Cam, quando insiste, e credo proprio che sia il tipo da farlo. Non parlava molto di te prima che io venissi qui, ma quando lo faceva sentivo l'istinto di protezione nella sua voce. Credo che, in parte, sia anche per questo che non mi ha detto di te."

Cali si ravviò i capelli dietro l'orecchio. "Mi sta lasciando spazio; ma del resto, lui vive molto lontano da Windswept Bay."

"Vero." Grant non riusciva a toglierle gli occhi di dosso e non gli piaceva vederla in quello stato. Quasi insicura di sé.

"Vieni con me. Sul serio. La mia famiglia sarebbe felicissima di conoscerti. Mia madre vorrebbe addirittura invitarti a cena una sera. Probabilmente intende discuterne questa sera. Ma non vuole interferire con la tua concentrazione e col tuo lavoro. Sai quello che si dice dei creativi."

Grant sorrise. Gli sarebbe piaciuto andarci. Qualunque cosa, pur di trascorrere del tempo con lei. "È che mi sembrerebbe di essere di troppo questa sera."

"No, saresti bene accetto. E a essere onesta, avrei dovuto già invitarti, ma temevo che non saresti voluto venire. Non volevo farti perdere tempo. Ma questa sera, se venissi, allevieresti un po' la pressione che subisco. Ti sto sfruttando senza vergogna, non solo per il resort, ma anche con questo invito."

Un gran sorriso apparve sul volto di Grant. "Sfruttami pure quanto vuoi. Sembra divertente."

Cali deglutì visibilmente. "Sì, certo. Dunque non ti dispiace?"

"Se mi dispiace? Ho appena detto che sembra divertente. Ma se proprio devo essere diretto, sarei molto felice di venire con te." *Ovunque, in qualunque momento.*

"Fantastico."

"Ci sarà tutta la tua famiglia? A parte Cam, intendo."

"No. Alcuni dei miei fratelli presenzieranno, ma non so mai chi si presenterà alle nostre cene settimanali. Dipende tutto dagli impegni degli altri e dalle loro vite. Shar e Jillian verranno, per cui ti avviso in anticipo. Olivia, invece, è fuori città."

"Sembra molto interessante. Devo fare una doccia veloce. Poi darmi qualche minuto?"

"Ma certo. Fai pure con calma."

"Non voglio farti arrivare in ritardo. Troviamoci nella lobby tra mezz'ora. Per te va bene?"

"Benissimo. Ci sarò."

Grant soppresse l'impulso a toccarla e seppe che sarebbe stato condannato a lottarvi contro per tutta la sera.

"Cam mi ha raccontato qualcosa riguardo alla tua famiglia," disse più tardi Grant mentre percorrevano in auto la strada costiera che portava alla casa dei genitori di Cali. "So che siete in nove: sette figli biologici e due adottati. Giusto? E anche se a vedersi non sembrerebbe, Shar e Jillian sono due di tre gemelle."

L'uomo aveva un profumo pulito, mascolino, di sapone, e i suoi capelli erano ancora leggermente umidi dalla doccia. Cali trovava difficile concentrarsi mentre viaggiava accanto a lui nella vecchia Jeep. "Sì, è giusto. Ma Jake e Max, per noi, sono come fratelli di sangue. Hanno perso i genitori quando erano ancora adolescenti. Siamo cresciuti tutti assieme, per cui eravamo già molto vicini quando accadde la disgrazia.

E Shar, Jillian e Olivia sono gemelle, ma Jillian e Olivia sono omozigote, dunque si assomigliano, anche se l'età ha fatto emergere alcune piccole differenze. Shar, invece, è unica."

Grant scoppiò a ridere. "E si vede. I tuoi genitori devono essere persone incredibili. Hanno cresciuto nove figli."

Cali rise nell'udire lo stupore nella voce dell'uomo. "Molti di più, se contiamo anche tutti gli amici che erano sempre a casa nostra. Eccoci." Indicò la casa che sorgeva da sola su quel tratto di costa e lanciò un'occhiata a Grant. L'uomo stava osservando la struttura con profondo interesse. Magari con l'occhio di un artista, considerato che l'edificio era perfettamente integrato nell'ambiente circostante.

Distaccata dalla spiaggia, la casa sull'acqua era un grosso edificio in stile lungomare, con le tegole grigie e persiane di un bianco splendente. "Ci siamo trasferiti qui poco dopo la nascita delle gemelle. Ormai, la nostra vecchia casa stava per scoppiare. E più tardi, quando i gemelli si sono uniti a noi, la casa era grande a sufficienza per tutti."

"È stata Jillian a progettare il giardino? Lo sfondo dell'oceano lo mette splendidamente in evidenza."

"Mia madre le ha dato una mano. È da lei che Jillian ha preso il suo talento."

A causa dell'uomo che le sedeva accanto, nel corso del tragitto le farfalle nello stomaco di Cali avevano fatto gli straordinari. Ora, mentre lui parcheggiava la Jeep e l'inizio della serata si faceva imminente, sembrava che le ali degli animaletti avessero preso fuoco.

"Questa sera sei fortunato," disse Cali, cercando di non cedere al nervosismo. *Avrebbero insistito tutti perché lei lo frequentasse? Avrebbero visto che la sua attrazione nei confronti di Grant stava diventando quasi irresistibile?* "Levi e Jake sono i miei unici fratelli a essere qui. Perlomeno al momento. A meno che non arrivino più tardi, sembra proprio che il gemello di Levi, Trent, e Max, il mio fratello più piccolo, non ci saranno. Buon per te. Il numero di persone che possono interrogarti, in questo modo, è molto ridotto."

"Dunque pensi che potrei farcela a sopravvivere?"

"È possibile. Ma stai attento: Levi è il capo della polizia locale."

"Sopravvivrò."

Quando Grant pronunciò quella parola, lei rimase incantata dal modo in cui si muovevano le sue labbra. *Santo cielo. La vera domanda era: sarebbe sopravvissuta lei?*

Il silenzio si prolungò quando Cali si scoprì incapace di distogliere lo sguardo da lui. Poi lo sguardo dell'uomo si incupì e lui si sporse verso di lei... *Stava per baciarla?*

Le farfalle nel suo petto impazzirono e il suo cuore tuonò al pensiero. Non si mosse; non ci riusciva. Poi Grant sollevò una mano e gliela appoggiò con dolcezza sulla mascella. Le si mozzò il fiato e, d'istinto, lei si sporse verso di lui... travolta dalla trepidazione.

"Andrà tutto bene, Cali." Le parole di Grant erano un mormorio gentile che intrappolò le emozioni fuori controllo di Cali. Il suo sguardo la trafisse. "Sei tesa. Non so esattamente perché tu lo sia, considerato che vuoi palesemente bene a quelle persone, ma se dovessi aver bisogno di qualcuno con cui parlare mentre sono qui, io sono bravo ad ascoltare."

Cali non riusciva a muoversi. Il tocco di Grant era così gentile. Le si era asciugata la bocca per il desiderio di sfregare la guancia contro il palmo di lui. Di lasciarsi andare e premere le labbra contro... Si raddrizzò di scatto.

Grant le stava offrendo un orecchio amico. Tutto lì.

Un orecchio che l'avrebbe ascoltata e se ne sarebbe andato con tutti i suoi segreti.

Le stava offrendo un luogo sicuro in cui riversare tutto ciò che lei non poteva dire a nessun altro.

D'istinto, comprese che aprirsi a lui sarebbe stato più pericoloso che baciarlo. Si costrinse a tirarsi indietro. Obbligò la sua bocca a muoversi, in modo da poter formulare delle parole. "Grazie. Ora dovremmo entrare. Va tutto bene," mentì, perché non andava bene per nulla e, al momento, la causa di tutto ciò era il suo desiderio di Grant Ellington.

CAPITOLO TREDICI

Le presentazioni furono fatte nell'istante stesso in cui loro due entrarono in casa. Grant ebbe l'impressione che i fratelli e il padre di Cali gli stessero prendendo le misure dopo che si furono scambiati le strette di mano di rito. Nel fare la loro conoscenza, la parola che emerse prepotentemente nella sua mente fu 'protettivi'. Non sapeva perché anche loro stessero cercando di spingere Cali a frequentare qualcuno, ma era certo che lo stessero soppesando.

Levi, il capo della polizia, aveva un aspetto adatto al suo ruolo: abbronzato, muscoloso, con una serietà probabilmente dovuta alla sua professione.

"Voi uomini avrete tutto il tempo per parlare tra poco. Prima venite in cucina a bere qualcosa," disse la madre di Cali, Violet, non appena le presentazioni si furono concluse. Era facile capire che era una persona molto premurosa nel guardarla mentre si dava da fare in cucina. Portava i capelli sale e pepe, lunghi e folti, fermati all'altezza della nuca e aveva un sorriso accattivante che dominava il suo viso quando lo puntò direttamente contro Grant. "Siamo felicissimi che tu sia qui. Sono una tua grande ammiratrice." La donna allungò una mano verso una brocca e, pochi istanti dopo, Grant si ritrovò con un bicchiere di limonata in mano.

Shar e Jillian lo salutarono senza nemmeno degnarsi di celare la propria gioia.

Cali si era tesa non appena avevano imboccato il viale; ora sembrava più rilassata, e tuttavia lui riusciva ancora a vedere la tensione come un'ombra nei suoi occhi.

Era come se la donna stesse aspettando di vedere se le sue sorelle l'avrebbero messa in imbarazzo. *Non si rendevano conto di quanto fosse stressata?* Se anche lo facevano, non si comportavano di conseguenza. Forse speravano che esercitare pressione sulla sorella sarebbe stato in qualche modo d'aiuto.

Era palese che vedevano solo ciò che volevano vedere.

Grant fece un passo verso Cali, spinto da un senso di protezione mentre le appoggiava una mano in fondo alla schiena. Con sua sorpresa, la donna si mosse un poco per avvicinarsi a lui.

Jake prese in mano il suo drink e una patatina della grossa ciotola posta al centro del tavolo. "Shar ci ha detto che hai chiesto a Cali di mostrarti l'isola per trovare ispirazione per i tuoi dipinti. Con tutte le scene marittime che dipingi, immagino che tu faccia anche immersioni."

"Certo. Mi piace moltissimo."

"Anche a me. Se hai bisogno che ti mostri qualche posto interessante sull'isola, basta che me lo fai sapere. Ho un negozio di articoli per subacquei in città. Ci sono dei luoghi molto interessanti da queste parti."

"Perché no. Lo farò, purché riesca a trovare il

tempo prima di partire." E così ebbe inizio la serata. Fu bello conoscere la famiglia Sinclair, anche se lui non riusciva a immaginarli tutti nella stessa stanza.

Non aveva mai conosciuto una famiglia numerosa. Non una con nove figli. Non sapeva esattamente cosa si fosse aspettato, ma tutte le volte che guardava Violet Sinclair provava un senso di meraviglia: quella donna aveva partorito sette figli e ne aveva cresciuti nove. Da solo, quello era un fatto degno di nota.

Tutti gli chiesero del suo lavoro, dei luoghi che aveva visitato, di ciò che aveva visto.

Il padre di Cali, Sam, era un uomo magro, che aveva l'aspetto di uno che amava la vita all'aria aperta.

Era un uomo attraente, con un'abbronzatura perenne e il sorriso facile.

Levi era alto e muscoloso e somigliava in maniera incredibile al padre, Sam; Jake era più magro e, essendo stato adottato, non somigliava per nulla a Sam. Ma si vedeva benissimo che quella era la sua famiglia. Tutti avevano il loro posto, lì. Almeno coloro che Grant aveva visto fino a quel momento.

Osservare quella famiglia gli fece sentire la

mancanza dei suoi genitori, che al momento vivevano a Londra. Suo padre aveva una ditta di consulenze e questo lo costringeva a trasferirsi ogni qualche anno. Grant non andava a trovarli dall'incidente e loro capivano; quello che non capivano era come mai lui non permettesse a loro di andarlo a trovare. Grant aveva cercato di spiegarglielo: non gli era parso giusto ricevere conforto dalla sua famiglia quando quelle di Michael e David erano in lutto. Quelle persone non avrebbero mai più potuto abbracciare i loro cari. Quel pensiero fece sì che un'ondata di dolore lo attraversasse. Una cosa aveva imparato: il dolore arrivava sempre a ondate. Ondate che a volte giungevano furtive e che altre lo afferravano con violenza e lo trascinavano a fondo. Ma quella sera lui le scacciò, sapendo che non era il caso di attirare l'attenzione in quel modo. Il suo era un dolore privato. Era troppo vicino al suo cuore.

Ma non aveva consentito a se stesso di pensare al fatto che sua madre e suo padre potessero aver bisogno di lui. Guardando Violet girare per la stanza, la vide accarezzare il braccio di uno dei suoi figli e lisciare i capelli di un altro mentre passava loro vicino. Piccoli gesti che dimostravano il suo amore.

Si ripromise che avrebbe programmato una visita ai suoi genitori. Meritavano di vederlo e di constatare di persona che se la cavava bene.

O almeno meglio di prima.

Cali incrociò il suo sguardo dall'altra parte della stanza e sorrise. E quel sorriso migliorò l'umore di Grant.

La luna brillava mentre tornavano al resort. Nel corso del tragitto avevano parlato della famiglia di lei, mantenendo la conversazione sul leggero mentre la tensione tra di loro era affilata come la lama di un rasoio.

"Dove abiti?" chiese Grant mentre parcheggiava la Jeep.

Cali trasse un sospiro di sollievo per il fatto che fossero tornati al resort. Grant aveva preso su di sé l'attenzione di tutti durante la cena; persino le sue sorelle non si erano impegnate troppo per spostarla su di lei. "In un bungalow nella parte posteriore della proprietà."

"Non so perché te l'ho chiesto."

L'uomo si infilò le dita nelle tasche dei jeans. Jeans che, osservò Cali, gli stavano molto bene.

"Non è niente di che. È piuttosto piccolo; era la casa del custode prima che installassimo le telecamere di sorveglianza. Sono andata a viverci quando sono tornata e finora non ho ancora avuto il tempo di cercare un posto mio. Questo è molto comodo."

"Ti accompagno, allora."

Cali si dondolò sui talloni e lanciò un'occhiata verso la spiaggia. Dal parcheggio essa non si vedeva, ma si sentiva la musica proveniente dal bar e dal ristorante, e nei momenti di silenzio si udiva il rumore basso della marea.

"A dire il vero, mi piacerebbe che tu facessi una passeggiata sulla spiaggia con me." Cali aveva appena fatto ufficialmente un passo avanti.

"Ne sarei felice," disse lui.

Cali fece strada attorno al confine del resort, oltrepassando il suono delle risate e costeggiando i sentieri dove le coppie camminavano mano nella mano sotto la luce della luna. Il suo cuore batteva all'impazzata mentre si fermava sul bordo della sabbia per togliersi sandali. Quando Grant la prese per mano, il suo stomaco precipitò. Aveva tanto voluto tenerlo per mano.

Era una cosa semplicissima, eppure un passo enorme per lei.

Non meno di quattro giorni prima, non avrebbe mai voluto che un uomo la toccasse. Non avrebbe mai creduto di poter essere in grado di provare ancora qualcosa per qualcuno. Poi era arrivato Grant.

Lui le rivolse un sorriso sexy. "Non possiamo passeggiare al chiaro di luna senza tenerci per mano."

"Verissimo," concordò lei. Le mani dell'uomo erano callose, probabilmente per il lavoro al ranch. A lei piaceva la sensazione che le dava la sua mano. Era una mano ruvida, ma non il genere di mano che avrebbe potuto fare del male a una donna…

Grant l'attirò a sé; le ginocchia di Cali si piegarono e, all'improvviso, avvertì un formicolio lungo tutto il corpo. Un desiderio feroce la percorse mentre sollevava lo sguardo negli occhi solenni di lui. Il suo respiro si mozzò quando le labbra di Grant scoprirono le sue.

E Cali dimenticò tutto, tranne quel momento.

Che forse era l'unica cosa che valesse la pena di ricordare.

Sciogliendosi contro Grant, rimase stupefatta dalla sensazione delle sue labbra tenere e della passione che la invase quando lui approfondì il bacio. Il suo cuore tuonò e si schiantò più violentemente delle onde contro la costa dell'isola. L'uomo le tuffò le dita tra i capelli, prolungando il bacio fino a quando lei non rimase senza fiato. E Cali capì di non aver mai, mai sperimentato nulla di simile al bacio di Grant.

Non riusciva a pensare lucidamente. Non riusciva a prendere fiato mentre lui, finalmente, si staccava e ansimava "Cali" prima di baciarla sulla tempia. E poi sulla guancia. "Sei stupenda." Le diede un altro bacio sull'altra tempia e sull'altra guancia. Poi le sfiorò di nuovo le labbra con le proprie.

Quando si staccò, Cali ansimava e dovette fare uno sforzo per non attirarlo di nuovo a sé. Aveva le ginocchia deboli e il cuore che sembrava sul punto di scoppiare.

"Sei bellissima," disse l'uomo. "E al chiaro di luna, sei bella da mozzare il fiato."

Era trascorso molto tempo da quando Cali aveva udito parole come quelle… se mai le aveva udite. Non voleva che quel momento finisse. Non voleva pensare a quando Grant sarebbe andato via. Perché sarebbe andato via. Lo aveva detto a casa dei genitori di lei. Cali lo aveva sentito parlare coi suoi fratelli. Ma ora aveva quel momento con lui.

Quando l'uomo prese a deporre baci accalorati sulla sua mascella sul suo collo, lo stomaco di Cali si contrasse violentemente. Le sembrava di galleggiare a mezz'aria mentre quelle labbra capaci scacciavano ogni esitazione, ogni paura.

Lo aveva osservato per tutta la serata mentre lui rispondeva con pazienza a ogni domanda rivoltagli dalla sua famiglia. Era sembrato godere genuinamente di ogni momento della loro curiosità e in un paio di occasioni, quando nessuno stava guardando, le aveva fatto l'occhiolino. Quel suo modo di fare scherzoso era stato devastante per lei, facendola impazzire dall'attrazione.

"Sarà meglio che facciamo una passeggiata," disse lui un momento dopo. Dopo averla presa per mano, la condusse attraverso la sabbia spessa e polverosa fino a quella, umida e solida, del bagnasciuga. Camminarono mano nella mano con la brezza oceanica che soffiava loro attorno e le onde che si infrangevano sotto la luce argentea della notte. Era una serata magica. E, solo per quel momento, Cali non volle pensare alla ragione per cui non poteva dare di nuovo il suo cuore a qualcuno.

Non volle pensare al motivo per cui era tornata di corsa a Windswept Bay, sentendosi persa e insignificante. Non voleva che il suo brutto passato si intromettesse in quella serata, anche se avvertiva la sua presenza in agguato, pronta a saltarle addosso. Quella sera lo ignorò e si tenne stretta alla mano di Grant.

Per quella sera, avrebbe lasciato che il suo cuore si lasciasse andare alle emozioni infuse in esso dalla presenza di Grant. E con un po' di fortuna, sperava di rubare qualche altro bacio prima che l'orologio battesse la mezzanotte e lei tornasse a rifugiarsi dietro ai muri che si era costruita attorno al cuore.

CAPITOLO QUATTORDICI

Non era riuscito a trattenersi. Era da tutta la sera che voleva tenersi stretta Cali. Passeggiare con lei lungo la spiaggia sotto la luce argentata della luna. Assaggiare le sue labbra come aveva bramato fare da quella prima volta in cui erano andati a sbattere l'uno contro l'altra vicino agli ascensori.

"Era da tutta la settimana che lo volevo." Smise di camminare e si voltò a guardarla. "Da quando hai fatto irruzione nella mia vita davanti all'ascensore." Ridacchiò e lei lo imitò, ma poi l'espressione di Cali si tese.

"Non l'avevo previsto. Credo che dovresti sapere che non sono pronta per una relazione. So che non importa, dato che tu te ne andrai prima della fine della settimana prossima. Ma dovevo dirtelo."

"Non devo andarmene per forza. Ho due murali da finire, e poi… Cali, quello non era un bacio da poco." Grant sapeva che era vero. Quando era arrivato a Windswept Bay era stato un uomo perduto, sull'orlo del collasso emotivo e mentale. Allora stava cercando un modo per ritrovare un po' di stabilità dopo l'incidente, ma aveva appena cominciato e non aveva grandi speranze. Poi aveva incontrato Cali e tutto aveva assunto una prospettiva nuova. "So che hai vissuto un'esperienza molto dura. E ho la sensazione che sia andata peggio di quanto tu abbia detto a chiunque. Sono bravo ad ascoltare e voglio aiutarti."

Cali liberò la mano e si allontanò da lui di diversi passi. La brezza giocava coi suoi capelli.

Percependo che la donna aveva bisogno di parlare con qualcuno e volendo essere quella persona, Grant mostrò i palmi delle mani. "Parla con me, Cali. Ho la sensazione che ci sia qualcosa che non va. A cena era evidente che tutti vogliono ciò che è meglio per te. Lo si vedeva dal modo in cui ti guardavano e da molte altre cose, come il fatto che mi abbiano accettato, ma a colpirmi è stata soprattutto la tua riluttanza a lasciare che loro si avvicinassero a te."

Grant era un artista – specializzato in paesaggi terrestri e marini, ma pur sempre un artista – e questo faceva sì che fosse capace di guardare oltre le apparenze. Cali stava nascondendo qualcosa. Qualcosa che aveva bisogno di togliersi di dosso.

"Parlami. Il tuo ex ti ha fatto del male? Del male fisico?" Grant odiava quelle parole e il pensiero a esse connesso, ma l'istinto gli diceva che aveva ragione. O che c'era andato vicino.

Mai, in vita sua, avrebbe tanto preferito avere torto.

Ma non lo aveva. L'espressione sul volto di Cali glielo fece capire.

Le domande di Grant l'avevano colpita nel suo cuore fragile come freccette scagliate al centro del bersaglio.

Cali chiuse gli occhi e si circondò stretta con le braccia. Il bacio dell'uomo aveva risvegliato ricordi che lei aveva cercato di bandire. Il bisogno d'amore. Memorie di antiche speranze e di cose perdute.

All'improvviso, fu invasa da una rabbia irrazionale. *Perché Grant aveva rovinato quel momento perfetto? D'accordo.* "La mia famiglia pensa che io abbia appena concluso un divorzio. Un divorzio normale, anche se doloroso, da un uomo che ho amato… o che pensavo di amare. E di cui mi fidavo." Non riusciva a fare quel discorso stando ferma, per cui si mise a camminare. Grant la raggiunse con rapide falcate e la fermò posandole delicatamente una mano sul braccio.

"C'è dell'altro, vero?"

Il petto di Cali si gonfiò quando lei inalò faticosamente. Annuì. "Non lo sa nessuno."

Si era impegnata molto per nascondere i fatti. Proprio come, nel corso dei quattro anni di matrimonio, si era impegnata per nascondere i lividi. Le venne un groppo alla gola.

"Quanto male ti ha fatto?" chiese Grant in tono

rabbioso.

Cali avvertì un fremito generarsi al centro del suo essere e diffondersi per tutto il suo corpo. Serrò le mani, sperando di arrestare il tremore. Odiava quella sensazione. La odiava.

Disprezzava l'idea di essere una vittima. Non aveva mai immaginato che lo sarebbe diventata. La sua gola si serrò e lei si passò la punta della lingua sulle labbra secche mentre misurava le parole. "Odio parlarne. È cominciato lentamente, quando il lavoro del mio ex marito ha cominciato a diventare più stressante. Lui ha iniziato a insultarmi; poi ha sferrato il primo colpo, subito seguito da scuse e dichiarazioni d'amore." Chiuse gli occhi e i ricordi sfondarono la porta della loro gabbia nell'oscurità. *Mi dispiace tanto, piccola. Non volevo farlo. Ho solo avuto una giornata stressante.* Parole che avevano suscitato compassione in lei.

Parole e menzogne alle quali lei aveva creduto.

"Ti picchiava?"

"Sì. E io glielo lasciavo fare. Lui implorava sempre perdono, giurava che non sarebbe accaduto mai più…"

"Ma è accaduto," ringhiò Grant.

"Sì. Molte volte. E io ho nascosto i lividi. Come un'imbecille," mormorò lei. Fu invasa dal disgusto. Avrebbe fatto meglio a tenere la bocca chiusa. Un'ondata di calore la travolse e lei voltò le spalle a Grant, quell'uomo splendido, talentuoso, magnifico… che ora conosceva il suo piccolo e sporco segreto. *Come le era saltato in mente? Come?*

Lacrime di umiliazione le punsero gli occhi. Non avrebbe voluto far altro che correre a nascondersi. Era da tempo che provava quel desiderio. Non sopportava l'idea che, ora, Grant conoscesse la verità su di lei. Era una fallita, in più di un senso.

"Cali, tesoro, mi dispiace tanto." L'uomo la raggiunse alle spalle e la prese dolcemente tra le braccia. "Perché non l'hai detto nessuno?"

"Tanto per cominciare, perché mi imbarazza. Come ho fatto a lasciare che accadesse una cosa del genere?" Lei si voltò e corse lungo la spiaggia. Grant le si mise di fronte, bloccandole la strada. Attraverso il velo delle lacrime, Cali vide che la romantica luce della luna lo illuminava da dietro.

"Tu non hai fatto nulla. Il colpevole è lui." La prese tra le braccia e la strinse.

"Ma io sono rimasta. Ho lasciato che lui mi distruggesse, che mi facesse a pezzi, e sono rimasta. Come ho potuto farlo?"

Grant non poteva saperlo. Non lo sapeva nemmeno lei.

"Va tutto bene," le mormorò l'uomo tra i capelli, con una dolcezza che non fece altro che farle venire voglia di piangere.

E Cali detestava piangere. "Lasciami andare. Devo andare."

"Resta qui. Mi dispiace che ti sia successa una cosa simile." La mano di Grant le accarezzò la schiena, le massaggiò le spalle.

"Sono stata io a lasciare che accadesse." Le parole le uscirono di bocca nonostante avesse cercato di trattenerle. Aveva già detto troppo.

"Non è stata colpa tua," ringhiò lui, sconvolgendola per la feroce asprezza del suo tono di voce. "Toglitelo dalla testa. È stato quell'uomo a farti del male. Non tu.”

“Ma io ho lasciato che accadesse.” Le bruciava la gola; le pulsava la testa.

“No. È accaduto e basta.” Grant le depose un bacio delicato sulla fronte. “Lasciatelo alle spalle.”

Era bello avere qualcuno a cui appoggiarsi per un istante, anche se Cali era mortificata per il fatto che lui sapesse. Sollevò la testa. “Devo andare. Non ce la faccio.”

Si allontanò di un passo e odiò la compassione che vide negli occhi di Grant.

“Lascia che ti accompagni a casa.”

“No. Va tutto bene. Vorrei che dimenticassi quello che ti ho detto.” Cali si asciugò gli occhi, cercando di cancellare quelle lacrime che tanto la facevano infuriare.

“Voglio aiutarti.”

“No,” disse nuovamente lei. La parola le uscì in tono brusco, per cui si costrinse a calmarsi e disse in tono più tranquillo: “Non puoi farci nulla. Voglio solo dimenticarmene. Voltare pagina. Girare la frittata non cambia quello che è successo. Non avrei dovuto dire nulla. Buona notte." Lasciò Grant dov'era e prese ad attraversare la spiaggia il più velocemente possibile.

"Ignorare il passato non significa che esso non sia mai esistito," le gridò dietro lui.

Le girava la testa e le doleva il cuore mentre lasciava che il vento si portasse via le parole di Grant. Non era pronta. Lo sapeva.

In quel momento, aveva bisogno di allontanarsi da lui. Di pensare. E non poteva farlo con Grant che la guardava con la compassione negli occhi.

CAPITOLO QUINDICI

"Sta venendo fuori proprio bene," disse Horace, appoggiandosi alla scala e osservando il murale su cui Grant stava lavorando. "Ai miei nipoti piaceranno moltissimo quelle tartarughe. È incredibile il modo in cui mi guardano, come se fossimo nell'acqua e ci stessimo osservando. Anche la tua foca sta uscendo bene, Jax."

"Grazie," rispose Jax dal punto in cui stava dipingendo una foca simpatica, ma realistica, che giocava sott'acqua.

Si era presentato entusiasta della possibilità di

lavorare con Grant, anche se si era detto insicuro di cosa avrebbe potuto fare per dare una mano. Era rimasto sorpreso quando Grant gli aveva mostrato i suoi piani e ancora più sconvolto quando aveva scoperto che avrebbero iniziato a lavorare in giornata.

Grant, dal canto suo, era stato felice di vedere Jax.

La loro sarebbe stata una collaborazione proficua. Che avrebbe dato notorietà a Jax e a lui di ripagare i suoi debiti con la vita, passati e futuri.

Ma ogni singolo sorriso che Grant aveva fatto quel giorno era stato un sorriso forzato. Così come ogni risata. La notte prima, aveva riflettuto a lungo su Cali e sull'umiliazione da lei provata. Aveva impiegato parecchio tempo prima di arrivare finalmente a capire quelli che credeva fossero i sentimenti di Cali.

Aveva desiderato spaccare in due l'ex di Cali. Legarlo con una corda, fissarne l'altra estremità corda alla sella e fare giustizia alla vecchia maniera, trascinando l'uomo attraverso un terreno roccioso e pieno di cactus e di rovi.

Aveva desiderato massacrarlo di botte e, se lo avesse trovato, c'era la possibilità che lo avrebbe fatto davvero. Anche se Cam e, probabilmente, anche gli altri fratelli di Cali gli avrebbero conteso il privilegio.

Avrebbe dovuto sapere che Cam non sapeva.

Perché Cali stava proteggendo il suo ex? Per evitare che i suoi fratelli si cacciassero nei guai?

Il solo pensiero di lei che soffriva per mano di un uomo al quale aveva dato fiducia gli faceva rivoltare lo stomaco. Ancora non aveva deciso il modo migliore per affrontare la situazione.

Adesso stava lasciando spazio a Cali e si stava dedicando all'unica cosa che sapeva per certo di poter fare per lei in quel momento: dipingere i murali.

"Ti vedo distante," disse Horace. "Va tutto bene?"

"Sì, tutto a posto. Ma credo che per oggi basti così. Grazie per averci aiutato nella preparazione dei lavori, Horace."

"Nessun problema. Continuate così. Probabilmente mia moglie avrà già preparato la cena, per cui adesso me ne vado a casa. Domani potrei portarla a guardare i lavori." L'uomo osservò Grant con occhi perspicaci. Poi, dopo aver lanciato un'occhiata a Jax e aver notato che il giovane si era allontanato per andare a pulire il pennello, tornò a guardare Grant. "Non ho visto Cali in tutto il giorno. Avete bisticciato?"

"Non avevi detto che tua moglie ti aspetta?"

L'espressione di Horace fece capire che l'uomo aveva avuto la sua risposta. "La nostra Cali è una brava ragazza. Non si fa mai vedere triste quando crede che gli altri la vedano. Vacci piano col suo cuore: è fragile e prezioso."

"Lo so. Non ho intenzione di farle del male."

"Ma qualcuno l'ha già fatto. Per cui, stai attento."

Ammutolito, Grant osservò l'ometto dall'uniforme marrone chiaro che si allontanava. Horace aveva visto ciò che nessun altro era riuscito a capire e lui si chiese come avesse fatto.

"Jax, per oggi finiamo qui."

"D'accordo," rispose Jax dal punto in cui stava pulendo i suoi pennelli. "Grazie per avermi dato questa opportunità. Sono orgoglioso del mio lavoro, anche se non è buono quanto il tuo." Accennò col capo alla foca.

"Il tuo lavoro è eccellente. Non sminuirti."

Jax rise. "È facile per te dirlo. Quel murale l'avevo dipinto tanto per fare qualcosa. Non ho mai preso la cosa sul serio. A dire il vero, sono ancora un po' sconvolto per il fatto che sto dipingendo con te. Ma mi piace. Tu sei una brava persona."

Dopo che Jax se ne fu andato, Grant si mise alla ricerca di Cali. Le aveva lasciato spazio per tutto il giorno, ma era ora che loro due si parlassero. Doveva assicurarsi che lei stesse bene.

Cali aveva forse intenzione di nascondersi dal suo passato per il resto della sua vita? Grant stava cercando di capire, ma non ci riusciva. Perché era rimasta con quell'uomo? Era una donna forte. No, non ci capiva niente. Non aveva mai capito perché le donne rimanessero volontariamente in situazioni del genere. Ma voleva farlo.

Sapeva di doverlo fare perché si creasse qualcosa di più tra loro due, ed era questo ciò che voleva. Sperava solo che fosse anche ciò che voleva Cali.

Cali stava uscendo dall'ufficio, dove si era nascosta

per tutto il giorno, sommersa dai preparativi per un matrimonio, per l'anniversario dei cinquant'anni di un altro e per una piccola conferenza che si sarebbe tenuta il mese dopo, i cui organizzatori avevano appena prenotato.

Era felice di aver avuto così tanto da fare, considerato che era sua ferma intenzione evitare Grant e che nascondersi in casa non era certo possibile. Shar aveva da fare all'ospedale delle tartarughe di mare, il che l'aveva tenuta lontano dal resort; un piccolo miracolo, perché Cali non se la sentiva proprio di subire le sue interferenze quel giorno.

E Shar si sarebbe insospettita se Cali non fosse andata a guardare Grant dipingere. Ma Cali non sopportava l'idea di avvicinarsi a Grant quel giorno, per cui era lieta che Shar non ci fosse.

Lesse l'ultima riga di numeri che aveva battuto nel foglio elettronico e si rese conto di aver commesso degli errori. Non era per nulla concentrata, ma come aveva fatto in tutta la giornata, cancellò i numeri e li riscrisse con molta cura.

Si chiese che aspetto avesse il dipinto. Grant ci

aveva lavorato per tutto il giorno, o così aveva sentito dire. Pensare a lui le riportò alla mente il vivido ricordo dei suoi baci la sera prima. Baciarlo era bastato, già di per sé, a sconvolgere la mente, ma rivangare il suo sordido passato… era troppo. Come le era venuto in mente?

Detestava il modo in cui si era sentita intrappolata nel suo matrimonio, e detestava anche il modo in cui si era sentita dopo, guardando al passato e chiedendosi come mai non se n'era andata prima.

Sarebbe stato meglio lasciare tutto sepolto. Ma no, lo aveva detto a Grant.

Jillian entrò nell'ufficio e corse alla sua scrivania. Aveva trascorso la giornata a lavorare in giardino, cercando di assicurarsi che la sua squadra sistemasse tutto alla perfezione per il matrimonio che si sarebbe tenuto la settimana dopo.

"Come va?" chiese Cali, interrompendo momentaneamente il lavoro al computer.

"Bene. Ho appena trovato una splendida fontana per il giardino in cui si terrà il matrimonio. Sto per andare a vederla di persona e a organizzare la consegna. Vuoi venire?”

“No, meglio di no. Ho ancora qualche telefonata da fare.”

Jillian si appoggiò alla scrivania. “Ti sei divertita ieri sera? Grant è piaciuto a tutti. La mamma è rimasta molto colpita da lui.”

Chi non lo sarebbe stato? “È stato bello. Anche per lui. La nostra grande famiglia lo ha un po’ intimidito.”

“Ah! Ciò dimostra che avevamo ragione quando lo abbiamo etichettato come intelligente e talentuoso non appena è arrivato. Sei andata a vedere il murale?” chiese Jillian.

“No, ho avuto da fare qui in ufficio. Se Grant dovesse avere bisogno di me, sa che deve chiamarmi.” Cali sperò che quella risposta avrebbe accontentato Jillian, ma negli occhi di sua sorella apparvero dei dubbi.

“Non riesco a credere che tu non sia andata a sbirciare. Vengo proprio da lì e al momento posso dire che il murale è solo una bozza, ma sta prendendo forma. Inoltre, Grant è normale e non ossessivo come prima. Mi ha detto che quest'opera sta emergendo a sezioni. Una bella tartaruga di mare e una foca sono già quasi finite e hanno un aspetto favoloso. Jax ha davvero un grande talento."

"Lo so." Incredula e sollevata al tempo stesso per il fatto che sua sorella non le stesse facendo il terzo grado perché non era andata a vedere il murale, Cali si aggrappò all'argomento di Jax e spinse la conversazione verso di esso. "Grant vuole davvero aiutarlo dandogli supporto e visibilità."

"È davvero bello. Senti, io devo scappare. Dovrei essere a vedere la fontana tra mezz'ora." Jillian si avviò verso la porta, ma si fermò. "Sei sicura che vada tutto bene? Mi sembri silenziosa."

"Sto benissimo. Smettetela di preoccuparvi per me."

"D'accordo, d'accordo. Ti saluto. Ci vediamo domani."

Ciò detto, Jillian se ne andò. Cali bruciava di curiosità. *Che aspetto aveva il murale?*

Controllò l'orologio. Erano quasi le cinque; poteva darsi che Grant e Jax avessero smesso di lavorare per la giornata e che Grant fosse andato nella sua stanza.

Magari Cali sarebbe potuta scendere a dare una sbirciatina. Non doveva per forza arrivare fino al cortile per vedere l'opera: avrebbe potuto fermarsi al ponte e l'avrebbe vista comunque.

Prima che potesse convincersi a non farlo, uscì dall'ufficio e scese dalla scala posteriore che conduceva a un ingresso riservato allo staff, il quale si apriva sul cortile accanto al ruscello artificiale.

Percorse il sentiero e oltrepassò il piccolo ponte. C'era gente dappertutto, il che era bene... D'accordo, si sentiva come una bambina discola, ma la curiosità la spinse ad avanzare fino a quando non riuscì a vedere il muro. Si fermò. La mano le corse alla gola. Persino da quella distanza, riusciva a vedere lo sfondo blu, la foca e la tartaruga. Il murale finito sarebbe stato incredibile.

"Ehi, salve, straniera."

Cali lanciò un gridolino e si voltò di scatto verso Grant. L'uomo le era arrivato alle spalle e se ne stava sul ponticello, allettante come un gelato in una giornata calda.

"Non volevo spaventarti."

Il cuore di Cali le martellava nel petto e, per un attimo, lei si chiese perché mai avesse mai voluto nascondersi da quell'uomo. "Sono venuta a dare un'occhiata."

Grant non sorrideva. La stava solo guardando, come in cerca di qualcosa. Della sua testa, probabilmente, considerato che doveva ritenere che lei l'avesse persa la sera prima.

"Non ho parole. È fantastico." Cali distolse lo sguardo da lui per concentrarsi sul dipinto.

"Va tutto bene? Pensavo che saresti scesa prima."

Grant le si avvicinò e il corpo traditore di Cali reagì alla sua vicinanza con una vampata di calore. "Avevo del lavoro importante da fare."

L'espressione di Grant si tese. "Pensavo che il murale fosse importante. Pensavo che tu volessi assicurarti che io stessi dipingendo qualcosa di tuo gradimento."

"E io pensavo che tu dipingessi solo ciò che ti comanda l'ispirazione. È questa l'impressione che mi hai dato al tuo arrivo."

"E tu hai messo bene in chiaro di avere delle idee precise. Spero che–" Grant si sfregò il collo, distogliendo per un attimo lo sguardo prima di riportarlo di scatto su di lei. "Cosa stiamo facendo, Cali? Non voglio evitare i problemi. Sono preoccupato per te. Ti voglio bene."

Il cuore di Cali mancò un battito, poi prese a correre all'impazzata. "Non ce la faccio, Grant. Hai sentito quello che ho passato. Non sono pronta per una relazione. Non riesco–"

"E io non sono pronto a vedermi evitato da te."

Quell'affermazione diretta e il tono sicuro della voce di Grant la misero a tacere. Si fissarono a vicenda mentre tra di loro aleggiava un silenzio teso. Il cuore di Cali si serrò con forza, poi le esplose nel petto.

"Io non ti ho evitato. Avevo solo bisogno di spazio, dopo ieri sera."

"Ti ho baciata prima di aver capito cosa tu avessi passato. Spero tu sappia che non ti farei mai del male."

"Vorrei crederci, ma chi può mai dirlo?"

"Si chiama fiducia. E quell'uomo te l'ha rubata. Io voglio restituirtela. Non ti farei mai del male. Non sono lui." Il disgusto risuonava nelle parole di Grant.

"Non sono pronta e non credo che lo sarò mai." Quelle parole suonavano stantie alle orecchie di Cali mentre il suo sguardo passava in rassegna ogni linea e ogni contorno del volto di Grant.

L'uomo strinse i denti alle sue parole. "Ho pensato molto a quello che hai vissuto e capisco che fidarti di una persona nuova potrebbe essere un problema per te. È comprensibile. Ma io non ti farei del male, Cali."

Cali ebbe una fitta al cuore. *Davvero Grant capiva?* Gli rivolse un lieve cenno del capo.

"Cali, ricorda soltanto che non sono il tuo ex. Ora, che ne dici se ti faccio vedere il dipinto?"

Cali annuì. La determinazione di Grant era davvero attraente. "Fammi strada."

L'uomo sorrise. "Lo farò."

Cali era certa che non stesse parlando del dipinto mentre si voltava e si incamminava attraverso il cortile. Lei lo guardò allontanarsi, i fianchi stretti e la schiena forte e le braccia di cui lei ancora ricordava la stretta… poi lo seguì.

CAPITOLO SEDICI

Due giorni dopo l'inizio dei lavori, il murale della piscina era finito. Grant lo osservò con occhio critico, come faceva sempre, in cerca di qualunque dettaglio avesse bisogno di più attenzioni. Aveva lavorato duramente, affiancato da Jax.

"A me piace." Il giovane gli si mise accanto. "E anche ai bambini."

Era quella la sua parte preferita: vedere i bambini resi contenti dal suo lavoro. I piccoli erano fuori dalla piscina e toccavano gli animali con le punte delle dita mentre emettevano versi di stupore e di gioia. I loro genitori avevano detto a Grant e a Jax quanto i bambini adorassero il murale. Molti di coloro che li avevano guardati iniziare il lavoro erano rimasti intristiti dal doversene andare prima di vedere l'opera conclusa, ma quelli che avevano fatto il check-in il giorno dell'inizio dei lavori avevano potuto osservare tutto il processo ed erano entusiasti per aver avuto la possibilità di assistere all'evoluzione del progetto.

"Ti ringrazio per l'aiuto, Jax. Hai portato gioia a quei bambini e a molti altri che verranno."

"È una bella sensazione." Nella voce del giovane risuonava la soddisfazione.

"Allora, sei pronto a iniziare con la parete esterna?"

"Ehi, il capo sei tu. Sono più che pronto."

"Sembri me quando mi ha preso la scimmia per la prima volta. Cominceremo tra due giorni. Prenditi il fine settimana libero. Sono sicuro che avrai delle cose da fare alla laguna."

"Vero. E devo anche trascorrere un po' di tempo con la mia ragazza. A proposito, eccola lì. Ci vediamo tra due giorni." Jax sorrise e corse a prendere tra le braccia la giovane donna che Grant aveva conosciuto qualche giorno prima. I due avevano un aspetto giovane e felice mentre tornavano al resort.

Se solo il rapporto tra lui e Cali fosse stato tanto semplice.

Come aveva promesso, Grant aveva fatto marcia indietro e stava procedendo con calma. Sapeva di dover creare fiducia in Cali se voleva conquistarla.

"Mi piacciono le tartarughe." Shar lo raggiunse alle spalle.

"Grazie. Ho sentito dire che sei molto impegnata nella loro difesa."

"È vero. Sto andando proprio adesso all'ospedale. Oggi pomeriggio rimetteremo in libertà nell'oceano una tartaruga appena uscita dalla convalescenza; non sto più nella pelle."

"L'anno scorso sono stato alle Florida Keys e per puro caso ero a Bahia Honda Beach quando il Marathon Key Turtle Hospital ha rimesso in libertà una tartaruga di mare appena guarita. È stato un momento davvero toccante. C'era gente ovunque. E quando hanno lasciato andare la tartaruga e lei è entrata in acqua, hanno esultato tutti."

"Proprio così. È sempre un momento emozionante. Le tartarughe che salviamo arrivano in condizioni di tutti i tipi: alcune hanno semplicemente problemi all'apparato digerente, altre sono state mutilate da morsi. A quegli splendidi animali succede di tutto. Noi li curiamo e diamo loro tempo di guarire, poi li liberiamo. È una celebrazione in tutti i sensi della parola." Il volto della donna si illuminò mentre parlava. Era facile capire che la salace sorella di Cali aveva un debole per le creature del mare.

"Ehi, voi due." Cali li raggiunse, sul volto un sorriso che accelerò il battito del cuore di Grant al solo apparire.

Sembrava a suo agio quel giorno. Era venuta diverse volte a dare un'occhiata al dipinto negli ultimi due giorni. Il loro rapporto era rimasto strettamente professionale e lui non aveva insistito, proprio come promesso. Il che non significava che non avesse provato il desiderio di circondarla con le braccia e baciare quelle sue splendide labbra.

"Dovreste venire alla liberazione." Shar si

illuminò in viso.

"Cosa?" chiese Cali.

"Alla liberazione della tartaruga. La faremo alle quattro, alla spiaggia qui vicino. Oggi pomeriggio tocca a Jason Bourne. Sarà fantastico. Vieni, Grant, e porta Cali." Shar ammiccò e fece per allontanarsi.

"Ehi, un momento," disse lui. "Chi sarebbe questo Jason Bourne?"

Shar rise. "È il protagonista di alcuni film. Nonché la nostra tartaruga. La persona che trova un animale da soccorrere e chiama il 911 ha il diritto di dargli un nome. Questa persona in particolare ha deciso di chiamare la tartaruga come l'eroe dei film interpretato da Matt Damon; ha detto di voler ispirare Jason – la tartaruga – affinché sia furtivo e combattivo come il personaggio che gli dà il nome."

Grant ridacchiò alla visione di una tartaruga di mare da guerra. "Non riesco proprio a immaginarlo, ma apprezzo l'idea." Guardò Cali. "Mi piacerebbe andare. Vorresti venire con me?"

"Cali ha già detto che verrà," disse Shar. "Puoi fargli vedere dov'è la spiaggia. Abbiamo bisogno di tutto l'appoggio possibile. Vieni a vedere cosa fa il nostro piccolo ospedale; magari ti verrà voglia di farti coinvolgere."

"Che ne dici?" chiese Grant a Cali.

"Va bene. Devo solo finire qui, poi potremmo vederci attorno alle due. Voglio arrivare in anticipo, in modo da essere in prima fila quando rilasceranno questa tartaruga furtiva nell'oceano. Mi piacciono molto questi eventi."

"Ci sarà molta gente?"

"Oh, sì. Avvertiamo sempre in anticipo i nostri ospiti, nel caso vogliano partecipare all'evento, e gli abitanti dell'isola adorano incoraggiare le tartarughe."

"Ti piacerà molto," esclamò Shar. "E forse, grazie al fatto che hai dipinto le tartarughe su questo incredibile murale, noi riusciremo a ottenere un po' di pubblicità." Guardò Cali. "Tu che sei esperta di relazioni pubbliche, potresti farci avere un po' di visibilità in più?"

"Come no. Ne parleremo ai paparazzi."

Grant rise alla battuta. "Tornando seri, mi piacerebbe fare una donazione, e accennerò all'ospedale durante le interviste che abbiamo concordato. Saranno le prime che rilascerò dopo l'incidente, per cui avranno risalto."

Shar lo ringraziò e se ne andò, non volendo arrivare troppo tardi per dare una mano.

"Sarà dura per te essere intervistato? Ti sono davvero grata per aver accettato, ma non avevo pensato al fatto che sarebbero state le prime interviste dalla tragedia. Sei sicuro di farcela?"

"Mi sento meglio di prima. Tutto questo mi fa bene, Cali, per cui non abbatterti. Per quanto io mi senta colpevole, mi rendo conto che non posso più limitarmi a restare a galla, senza uno scopo nella vita. Venire qui è stata la scelta giusta. Anche Cam lo sapeva."

"Ne sono felice." Cali sembrava combattuta. "Devo andare, anche perché non manca molto all'appuntamento, ma dimmi: perché hai ascoltato il consiglio di Cam?"

"Perché ero in debito con lui. E perché lui l'ha messa giù dicendo che avrei dato una mano alla sua famiglia. Questo mi ha spinto a darmi una mossa, se non altro."

L'espressione di Cali si ammorbidì. "Ottimo. Ci vediamo presto."

La donna si allontanò di corsa, ancheggiando, e lui la guardò fino a quando non svanì dentro uno degli edifici. Entro pochi minuti sarebbero usciti insieme e Grant avrebbe dovuto costringersi a comportarsi con noncuranza, come se non si stesse innamorando di lei.

O come se non si fosse già innamorato.

CAPITOLO DICIASSETTE

Il sole era alto nel cielo in quella splendida giornata e nuvole simili a batuffoli di cotone galleggiavano in un cielo di un azzurro gentile. Cali si scoprì a sorridere mentre lei e Grant camminavano lungo il marciapiede che dal resort conduceva al ristorante Casablanca e alla spiaggia retrostante, dove Jason Bourne, la tartaruga di mare, sarebbe stato rilasciato nell'oceano.

Aveva trascorso gli ultimi due giorni a compilare fogli di lavoro e fare telefonate per diffondere la voce di ciò che stava accadendo al resort. Ora che Grant era lì e i dipinti si stavano concretizzando, era giunto il momento di rendere davvero pubblica la notizia, in modo che il resort potesse trarne beneficio. La pubblicità sarebbe stata loro di grande aiuto: presto sarebbe arrivata la bassa stagione e sarebbe stato molto utile se più persone avessero saputo di Windswept Bay. Per non parlare del fatto che presto sarebbero cominciati le ristrutturazioni delle stanze, che avrebbero richiesto un investimento, e i lavori di rinnovo dell'impianto dell'aria condizionata che rischiava di dare forfait in qualunque momento. Era una situazione stressante e molto difficile, ma prevedibile, considerata l'età del resort. Nonostante tutta la preoccupazione e lo stress, lei aveva fatto in modo di trovare del tempo per guardare Grant al lavoro. La concentrazione, il talento e le capacità da lui dimostrate mentre insieme a Jax dava vita alla sua visione erano magnetiche e incredibilmente commoventi. Guardare le persone attorno a Grant reagire a ciò che egli stava creando la toccava nel profondo.

Come aveva pensato fin dal principio, quell'uomo

era eccezionale da lontano e lo restava anche dopo aver fatto la sua conoscenza. Non si era rivelato presuntuoso o arrogante; invece, si era dimostrato migliore di come lei avesse potuto immaginarlo.

E ora Cali si stava innamorando di lui. E questo la spaventava a morte.

Sembrava tutto così irreale, un prodotto dell'atmosfera romantica dell'isola e del tempo trascorso al chiaro di luna e in un paradiso tropicale mentre Grant cercava ispirazione. Ma quella consapevolezza non le impediva di provare certi sentimenti quando lui la guardava... come se Cali fosse stata l'unica persona importante al mondo.

Quando lei lo guardava negli occhi, una quantità di emozioni la attraversava violentemente; quando gli stava vicino, ogni nervo del suo corpo prendeva vita.

Come in quel momento. Mentre camminavano, le loro braccia si sfiorarono; ogni volta che ciò accadeva, le farfalle svolazzavano nel suo stomaco e il cuore di Cali danzava.

Grant le aveva lasciato i suoi spazi. Non aveva insistito o spinto per avere di più e aveva lasciato che i segreti di Cali tornassero nelle ombre, dove lei voleva. Almeno per il momento. Di questo era grata.

Temeva di avere torto e aveva paura di cedere di nuovo il controllo sulla sua vita; non poteva farci nulla. Ma non poteva nemmeno negare che adorava Grant e che sentiva la mancanza dei suoi baci e dei suoi abbracci.

"Fammi capire." Le parole dell'uomo si fecero strada tra i suoi pensieri. "Se vedessi una tartaruga di mare nella baia che sembra ferita, chiamassi il numero di emergenza e qualcuno la salvasse, potrei dare un nome alla tartaruga che ho aiutato?"

"Sì; è per questo che quando si va all'ospedale e si vedono tutte le tartarughe, i loro nomi sono così buffi. Per esempio, la tartaruga del momento è Jason Bourne, che ha preso il nome da un personaggio cinematografico; altre hanno i nomi di bambini, fidanzate o ex-fidanzate. Altre ancora prendono i nomi da qualche loro caratteristica, come Palloncino. Si chiama così perché soffre di un problema molto comune, chiamato 'chiappe tonde'… ehi, non ridere. È una condizione molto grave, e anche molto comune.

Gli hanno dato quel nome perché, quando l'hanno trovato, non riusciva a immergersi. Parte del guscio gli rimaneva sempre fuori dall'acqua, da cui il suo nome."

"Come mai? Qual è la causa?"

Cali si accigliò. "I problemi dell'apparato digerente sono tra i più comuni di cui soffrono le tartarughe di mare. Il loro cibo principale sono le meduse; tra l'altro, mangiandole, aiutano a tenerne sotto controllo il numero. Ma per una tartaruga di mare, un sacchetto di plastica bianco come quelli della spesa, che galleggia nell'acqua dopo essere stato gettato da una barca o essere stato portato via dal vento, somiglia a una medusa. Quando la tartaruga lo mangia, esso le provoca problemi intestinali. Sono il gas e il gonfiore così generati a provocare le 'chiappe tonde'. Sebbene il nome sia buffo, è un problema pericoloso e molto triste per le tartarughe. Ci sono anche altre cose che, se ingerite, possono provocare guai. Le tartarughe, purtroppo, sono deboli di stomaco."

"Come le curano?"

"Somministrano loro degli oli salutari, del Maalox

e altre cose che aiutano a ripulire i loro apparati digerenti, e le tengono a dieta ferrea. A volte bisogna operarle. Ci vogliono mesi di ospedale, con diete bilanciate e osservazione in cattività, perché le tartarughe si riprendano."

"Ma tu pensa. Sapevo di alcuni dei problemi che affliggono le tartarughe marine, ma non avevo mai sentito nulla del genere."

Erano vicini al ristorante, per cui Cali abbandonò il marciapiede e si incamminò lungo il sentiero che conduceva lungo il fianco dell'edificio e verso la spiaggia. "Shar è molto bene informata e appassionata riguardo alle tartarughe e ha dedicato la sua vita ad aiutarle. Quello che so, l'ho imparato da lei."

"E tu non sei appassionata? Mi è parso che ti importi molto di loro."

"È vero. Non volevo farti pensare il contrario. È solo che, nel caso di Shar, si tratta di una vera e propria vocazione: trascorre innumerevoli ore ad aiutare quegli animali."

"E cos'è che appassiona te, invece?"

Percorsero la pendenza sabbiosa che conduceva

all'area chiusa da cordoni dove l'ambulanza veterinaria dotata di sollevatore per tartarughe sarebbe arrivata a breve e dove avrebbero calato la tartaruga sulla sabbia usando il sollevatore speciale. Cali rifletté sulla domanda di Grant mentre attraversavano la spiaggia.

"Direi che, da quando sono tornata qui, ad appassionarmi è il rimettere in sesto il resort. In modo che le persone possano venire qui e imparare cose sugli animali marini. Credo che sia per questo che mi sento così vicina al tuo lavoro."

Fino a quel momento non ci aveva pensato sul serio, ma ora che Grant aveva sollevato l'argomento, si rese conto che era vero. E lei si sentiva molto vicina anche a lui. Il che era terrificante.

"Perché sei così turbata?" L'uomo le prese la mano mentre risalivano una duna. Un fremito le percorse il braccio mentre lui la aiutava gentilmente a salire la pendenza.

"Non sono—" All'improvviso si ritrovò vicina a lui, a guardarlo in quei suoi insondabili occhi azzurri. "Non è niente."

Lo sguardo di Grant corse alle sue labbra e la testa dell'uomo si abbassò; a Cali si mozzò il fiato, pensando che lui stesse per baciarla. Voleva che lo facesse.

"Non ti credo," mormorò invece Grant prima di allontanarsi. "Ecco la folla"

Cali aveva la bocca asciutta mentre si voltava a guardare le persone che attraversavano la spiaggia. Arrivò l'ambulanza veterinaria arancione. Tutto ciò a cui riusciva a pensare era il fatto che Grant aveva provato il desiderio di baciarla e che per un attimo lei aveva dimenticato tutte le sue paure e desiderato semplicemente quel bacio.

Grant rimase accanto a Cali mentre Shar e gli altri membri del gruppo dell'ospedale calavano l'enorme tartaruga di mare sul bordo dell'acqua utilizzando una piattaforma meccanica di cui era dotata l'ambulanza speciale. La folla si era radunata in due assembramenti distinti, lasciando un ampio corridoio libero per la tartaruga. Tutti guardarono ed esultarono mentre l'animale, un tempo gravemente malato, tornava in mare.

"È stato meraviglioso," disse Grant mentre Jason Bourne si allontanava a nuoto e si immergeva nell'acqua, svanendo alla vista.

"Gli hanno messo un trasmettitore che consentirà loro di rintracciarlo."

"È fantastico." La brezza oceanica sollevò i capelli di Cali e glieli fece fluttuare attorno al viso. Grant avrebbe tanto voluto ritrarla in quell'istante. Aveva deciso che avrebbe potuto dipingerla tutto il tempo, o dipingere scene con lei. Non si stancava mai di guardarla.

"Hai tempo per fare un giro dell'ospedale delle tartarughe, ora? Mi piacerebbe molto vederlo." Era vero, ma era ancora più vero che voleva trascorrere del tempo con lei e il tour gli avrebbe dato quell'opportunità. "Di' di sì," la incoraggiò.

"Sì," rispose subito lei. Grant ebbe l'impressione che la risposta l'avesse lasciata sconcertata.

Si sarebbe accontentato. Non voleva che lei lo allontanasse di nuovo.

Pochi minuti dopo arrivarono al piccolo e disadorno edificio che ospitava l'ospedale. A Grant, esso ricordò molto quello a Marathon Key, in Florida, che lui aveva visto quando era stato alle Keys: un edificio basso, color pesca, con una fila di bungalow dietro di esso. Gli avevano detto che l'ospedale delle Keys era stato il primo al mondo nel suo genere. Un tempo si era trattato di un motel, che il fondatore aveva acquistato per via della vasca dall'acqua salata che esso conteneva. Una vasca dove le tartarughe in via di guarigione avrebbero potuto essere tenute prima di essere rilasciate nell'oceano.

"Anche questo era un motel, come l'ospedale di Marathon Key?"

"Sì. Il fondatore è stato ispirato proprio da quello. Anche qui c'è una vasca di acqua salata. Sapevi che anche l'ospedale di Marathon Key ne ha una?"

"Sì. Avrei voluto fare un giro anche di quello, ma non ho mai avuto l'occasione."

"È davvero interessante. Quando sono aperti al pubblico, fanno delle brevi visite guidate, ma oggi dovrò farti io da guida."

"Sono certo che tu ne sappia parecchio."

Fecero un giro della sala operatoria e delle stanze di osservazione. Poi Cali lo portò sul retro; in diverse vasche all'aria aperta nuotavano tartarughe di tutte le taglie e di tutte le forme: tartarughe liuto ed enormi tartarughe comuni, ma anche animali più piccoli.

Subito Grant individuò diversi animali che avevano delle gobbe sul carapace, le quali rendevano loro un po' più difficile nuotare. Al guscio di ciascuna tartaruga aderivano piccoli pesi piatti della dimensione di monete da mezzo dollaro. "Cosa sono quelle cose nere sui loro gusci?"

"Probabilmente lo hai immaginato, ma quelle tartarughe soffrono dei disturbi all'apparato digerente che causano il gonfiore. Quelle cose sono dei pesi che li aiutano a tenere la parte inferiore del corpo sott'acqua mentre le medicine aiutano lentamente il loro apparato digerente a ristabilirsi. Purtroppo, molti degli animali afflitti da quella condizione dovranno restare qui per sempre. Ne vedrai parecchi; alcuni sono più grandi degli altri, per via della loro età."

Ed era vero: Grant ne ebbe conferma mentre

passavano ad altre vasche, alcune delle quali, più piccole, ospitavano tartarughe molto malate che avevano bisogno di restare in isolamento durante la guarigione.

"Immagino che la gente che butta la spazzatura nell'oceano non sia molto apprezzata da queste parti. Sembra che i problemi digestivi siano la minaccia più grave, qui."

"Quelli e i tumori provocati dall'inquinamento che devasta il sistema immunitario delle tartarughe. Sono creature curiose e la spazzatura li attira. Non farti mai vedere da Shar gettare qualcosa fuori bordo, o anche solo far cadere per sbaglio della spazzatura nell'oceano. La mia sorellina ti mangerebbe vivo."

Grant poteva solo immaginarlo. "Qui fanno davvero un lavoro ammirevole. Vorrei che deste a loro il denaro che avete messo da parte per me."

Cali parve sconcertata. "Davvero? Tutto?"

"A meno che tu non abbia in mente un'idea migliore. Lascerò che sia tu a scegliere, ma mi piacerebbe che una parte del denaro fosse destinata qui; io stesso farò una donazione separata."

"No, volevo dire che è fantastico. Shar ne sarà felicissima. Al momento hanno problemi economici e questo li aiuterà molto. Dopotutto, sono soldi tuoi."

"Siamo d'accordo, allora. Un'altra cosa: vorrei che il mio nome non fosse menzionato."

"Ma perché? È un gesto meraviglioso."

"Io non sono migliore di altre persone; ho solo del denaro che mi avanza. Sul serio, Cali, smettila di guardarmi così. Voi fate quello che potete, io faccio quello che posso: è la stessa cosa."

"Come vuoi tu." Cali rise. "Salverai un sacco di tartarughe in pericolo."

"Fantastico. Grazie per avermi portato qui. È stata una bella giornata. Mi ha aiutato a rilassarmi, così domani potrò cominciare a dipingere l'esterno."

E così sarebbe stato molto più vicino ad andarsene. Il pensiero non era gradevole a Cali mentre tornavano al resort.

Sarebbe riuscita a lasciarlo andar via?

CAPITOLO DICIOTTO

Dipingere la parete esterna era un lavoro più grosso degli altri due murali messi assieme. La squadra di Horace aveva preparato le impalcature e Grant e Jax avevano allineato le vernici su tavolini improvvisati posti il più vicino possibile alla superficie di lavoro. Una grossa area era stata recintata con un cordone e le previsioni del tempo promettevano bene. Grant si aspettava una piccola folla e un paio di giornalisti e aveva avvisato Cali che avrebbe potuto aver bisogno di lei per far sì che tutto procedesse regolarmente. Era sempre disposto a parlare a chiunque lo desiderasse, ma a volte era necessario tenere separati i momenti di creatività e quelli sociali. Cali si era detta d'accordo sulla necessità della propria presenza e lui non poté non essere felice del fatto che la donna avrebbe trascorso buona parte della settimana in sua compagnia.

L'idea lo fece canticchiare mentre disponeva i barattoli di vernice e decideva cosa dipingere. Cali era sempre nei suoi pensieri.

La conosceva da meno di due settimane e già sapeva che era quella giusta. La amava e la voleva nella sua vita. Voleva essere parte della vita di lei. E anche se ci avesse messo un'eternità, era deciso a dimostrarle che un vero uomo non faceva del male a una donna. Era intenzionato a guadagnare la sua fiducia, un giorno alla volta, indipendentemente da quanto avrebbe impiegato.

Era impossibile che prendesse un aereo qualche giorno dopo e se ne andasse via senza di lei. Non quando la voleva come sua moglie. Perché così era.

Voleva guardare il tramonto con lei tutte le sere mentre passeggiavano mano nella mano lungo la spiaggia e voleva svegliarsi accanto a lei tutte le mattine.

I suoi pensieri erano pieni di Cali mentre iniziava a dipingere lo sfondo del murale. Quando la donna arrivò portando caffè e muffin per lui e per Jax, gli ci volle ogni grammo di forza di volontà per non prenderla tra le braccia. Ma riuscì a controllare quell'impulso e prese invece il bicchiere, godendosi le scintille che scoccarono tra le loro dita quando si toccarono e il bagliore di consapevolezza negli occhi di lei; poi si mise al lavoro sul muro e Cali andò a fare la padrona di casa a beneficio degli spettatori. La donna lo aiutò a rispondere alle domande della folla che si era radunata a guardare e per parlare ai pochi giornalisti locali che si erano presentati. E fece in modo che lui e Jax avessero cibo e bevande in abbondanza.

Grant era felice di averla lì.

"Adoro guardarti mentre fai le tue magie con quella pistola a spruzzo," disse Cali la seconda sera mentre lui scendeva dall'ultimo gradino della scala. Era quasi ora di cena e la maggior parte dei curiosi si erano dispersi, per cui erano soli. Persino Jax si era allontanato per andare a controllare la sua attività.

"Allora la userò sempre." Si fermò attorno al segno che indicava gli otto piedi e la fissò mentre lei attendeva a terra. Era così incredibilmente bella; Grant avrebbe tanto voluto dipingerla lì, sulla sabbia, con quell'espressione sul viso. "Tu mi mozzi il fiato, Cali Sinclair." *E io mi sono innamorato di te.*

"Hai preso troppo sole."

"No, sei incredibile."

Gli occhi verdi della donna si rannuvolarono. "Non so proprio come rispondere," disse un attimo dopo.

Grant scese ancora un po', poi saltò giù dall'impalcatura metallica e atterrò nella sabbia di fronte a lei. "Non devi rispondere. Ho solo detto come mi fai sentire." Le passò un dito lungo la mascella, poi le diede un rapido bacio sulla punta del naso, perché non era riuscito a trattenersi. "Alcune cose succedono e basta. E il fatto che tu mi lasci senza fiato è una di quelle."

"Sicuro che la colpa non sia della discesa da

quell'impalcatura di sei metri?" scherzò lei, all'apparenza compiaciuta di aver trovato una risposta a tono.

"Sicurissimo."

Non riusciva a toglierle gli occhi di dosso. Il fatto che l'avesse avuta in mente in ogni momento degli ultimi giorni non lo aiutava ad allontanarsi da lei. Era una splendida serata tropicale e nell'aria c'era la promessa di una luna spettacolare. "Facciamo una passeggiata sulla spiaggia questa sera," mormorò. Quasi la baciò; lo avrebbe fatto se lei non si fosse spostata di lato e gli avesse rivolto un piccolo sorriso.

"Non posso."

"O non vuoi? Ma va bene così: mi piacciono le sfide." E non intendeva arrendersi. "Non voglio rinunciare a te, Cali."

La donna spalancò gli occhi e lui si chiese se avesse compreso la serietà della sua affermazione. Ma decise di non insistere.

"Allora, cosa ha intenzione di dipingere?" cambiò argomento Cali. "Questo sfondo che hai realizzato con la pistola a spruzzo mi incuriosisce."

"Vedrai. Fidati di me."

Qualcosa balenò negli occhi verdi di Cali. Incapace di trattenersi, Grant si sporse verso di lei e le diede un bacio sulle labbra. "La gente vorrà vederlo, te lo prometto. Ora farò meglio a tornare al lavoro." Si voltò verso il tavolo con le vernici. L'alternativa sarebbe stata prendere Cali tra le braccia.

"Mi fido di te," disse la donna, con una voce roca che lo distrasse completamente dalla pittura. Che lo fece fermare di colpo e voltare lentamente verso di lei.

"È vero," proseguì la donna in tono non esattamente convincente.

"Se ti fidi di me su una cosa del genere, stiamo facendo progressi." Ancora una volta, senza riuscire a trattenersi, Grant fece due passi verso di lei e l'attirò con facilità tra le sue braccia, baciandola di nuovo. Fu un bacio molto controllato e attento, perché lui non voleva spaventarla. "E ora, se vuoi che io combini qualcosa, sarà meglio che torni a lavorare."

"Può darsi." Cali si allontanò da lui. "Se hai bisogno di qualcosa, sono qui."

Quella sì che era un'affermazione pericolosa.

Grant aveva bisogno di lei, in ogni modo immaginabile: nel suo cuore, nella sua mente e nella sua anima, aveva bisogno di lei.

Per il resto del pomeriggio, Cali non riuscì a smettere di pensare a ciò che aveva detto Grant. O ai suoi baci delicati. E a ciò che non aveva detto.

L'uomo stava cercando di conquistare la sua fiducia. E lei gli aveva detto che già si fidava di lui.

Come se avesse capito quanto era stata dura per Cali pronunciare quelle parole, Grant aveva detto che stavano facendo progressi. Questo significava che non aveva rinunciato a guadagnare completamente la sua fiducia.

Ma presto se ne sarebbe andato. *Come avrebbe fatto a guadagnare la sua fiducia se fosse andato via?*

Si sarebbe trasferito a Windswept Bay per lei? Possedeva un ranch con dei cavalli. Cam veniva sull'isola all'incirca due volte all'anno, ma raramente più di tre. I cowboy amavano i loro ranch e, per quanto Grant viaggiasse, avrebbe voluto stare nel suo ranch quando non era impegnato a dipingere qualche squisita opera d'arte che faceva sorridere le persone.

Cali sospirò nel guardarlo dipingere. Adorava il modo in cui si muoveva, in cui si tuffava nel processo creativo. Adorava tutto di lui.

Ma anche se avesse davvero deciso ancora una volta di rinunciare alla sua libertà per un uomo, non poteva – non voleva – lasciare l'isola. La sua vita era lì, a Windswept Bay.

Mentre quella di Grant lo era solo temporaneamente.

Il pomeriggio successivo, la spiaggia non era più così tranquilla. Se anche Cali aveva pensato che il dipinto realizzato da Grant all'interno dell'edificio fosse una calamita per le folle, scoprì che era stato eclissato dall'interesse suscitato dall'opera realizzata sulla parete esterna.

Il terzo giorno, la parete cominciò ad assumere vita in una maniera eccezionale. Mentre ciò accadeva, le folle iniziarono a mostrarsi, radunandosi sulla sabbia per osservare i lavori. Era evidente che c'era molto interesse.

Shar e Jillian arrivarono dall'ufficio per aiutare a rispondere alle domande e per dare il loro sostegno. Tutti furono intervistati dai media locali. La pubblicità era un bene per il resort.

Foto, video e post iniziarono a diffondersi per Facebook, Twitter e altri social media mentre gli spettatori fotografavano il dipinto di Grant. L'uomo aveva un'aria spettacolare in cima all'impalcatura, mentre lavorava su alcuni delfini a grandezza quasi naturale che stavano prendendo vita sotto gli occhi di tutti. Cali adorava ciò che stava vedendo e moriva dalla voglia che l'opera fosse terminata. Chiaramente, lo stesso valeva anche per gli altri.

Grant e Jax al lavoro erano una notizia grossa. Anche Jax e la sua Lagoon Adventures si stavano facendo una gran pubblicità. E poi, a metà del pomeriggio, la situazione iniziò a cambiare quando parve che una diga fosse crollata e persone e giornalisti arrivarono a frotte. I reporter giunsero coi loro furgoni e i loro collegamenti satellitari e gli elicotteri iniziarono a ronzare attorno alla spiaggia, rimanendo sospesi nell'aria e scattando fotografie di Grant e del murale.

Un elicottero in particolare pareva intenzionato ad arrampicarsi sull'impalcatura assieme a Grant.

"La situazione ci sta sfuggendo di mano," gridò Shar per sovrastare il rumore dell'elicottero. "Da dove arriva tutta questa gente? Il parcheggio è pieno e per strada comincia a formarsi un ingorgo. Per non parlare del fatto che quegli elicotteri cominciano a essere pericolosi."

Cali osservò la situazione. "La voce si è diffusa. La gente che vive nei paraggi ha cominciato a venire sull'isola spinta dalla curiosità. Non è mai successo nulla di simile prima d'ora."

"Vero. E guarda Grant al lavoro. Sarà un successone. Hai avuto una grande idea."

Cali si sentì orgogliosa nel ricevere l'approvazione di sua sorella. "Grazie. Speriamo di ricevere qualche prenotazione in più nelle prossime settimane."

"Stanno già arrivando." Jillian li raggiunse attraverso la spiaggia; un attimo dopo, una folata prodotta dall'elicottero quasi la spazzò via e gettò sabbia su tutte loro. "Se quel coso si avvicina ancora un po', la sabbia potrebbe rovinare il dipinto!" gridò.

"Cosa è saltato in mente al pilota?" gridò allarmata Cali. Corse verso l'elicottero e agitò le braccia, cercando di far capire al pilota che doveva allontanarsi. Lanciò un'occhiata in cima all'impalcatura e vide Grant voltarsi verso l'elicottero. Ebbe un tuffo al cuore al pensiero che le pale dell'elicottero erano pericolosamente vicine all'uomo.

Grant sollevò le mani, il pennello ancora nella destra, e fece a sua volta segno allo spavaldo pilota di allontanarsi; nello stesso momento, una folata di vento fece oscillare pericolosamente l'elicottero.

La gente si mise a urlare e a correre. Le telecamere a terra stavano ora inquadrando l'incauto elicottero impegnato nel suo conflitto col vento. Miracolosamente, il pilota riuscì a far rialzare il velivolo e volò via. Cali, Shar e Jillian erano rimaste paralizzate nel corso di quel momento drammatico.

"Che diamine sta succedendo qui?"

Cali era frastornata per la paura e il sollievo

quando si voltò e vide Levi. Il distintivo di suo fratello scintillava sotto il sole pomeridiano e lui si era levato gli occhiali da aviatore per guardare storto prima lei e poi l'elicottero che si stava allontanando.

"Ma lo sai che avete sfiorato il disastro?"

Cali lanciò un'occhiata colma di sollievo a Grant e vide che l'uomo stava scendendo rapidamente dall'impalcatura.

Levi continuò la sua tirata. "Il traffico è bloccato. Ci sono furgoni della televisione da tutta la Florida. I miei uomini hanno bloccato la strada che porta al resort, ma sembra di essere al circo. Perché non mi avete avvisato in anticipo?" Rivolse l'accusa a Grant, che si stava avvicinando a grandi passi con espressione tempestosa.

Grant ignorò Levi. "Va tutto bene? Quell'elicottero era fuori controllo."

Il suo sguardo intenso era fisso su Cali. La stupì vedere ansia e paura per lei in quegli occhi.

"Va tutto bene?" ripeté Grant; dal tono della sua voce, sembrava che faticasse a mantenere il controllo.

Cali annuì. "Sì."

Prima ancora che avesse finito di parlare, Grant la attirò tra le sue braccia e la abbracciò. "Ho vissuto momenti di terrore là sopra: temevo che voialtri a terra sareste finiti massacrati da quell'imbecille…" Si interruppe e si voltò verso Levi; con un braccio attorno alle spalle di Cali, la tenne vicina a sé. "Quel pilota andrebbe denunciato. Quello che ha fatto non aveva senso. Avrebbe potuto fare del male a tutte queste persone."

Levi aveva ancora un'aria furiosa come un toro in un rodeo. "Succede tutte le volte che dipingi? È normale? In tal caso, io e il mio dipartimento avremmo dovuto ricevere un preavviso. E credimi, scopriremo chi è quel pilota."

"A volte la gente dà di matto, ma mai in questo modo. Non pensavo che la situazione ci sarebbe sfuggita di mano, altrimenti ne avrei fatto menzione l'altra sera a cena."

All'improvviso una quantità di microfoni fu spinta verso Grant e il gruppetto fu circondato dai giornalisti.

"Signor Ellington, è vero che questo è il suo primo murale marino da quell'incidente aereo dove sono morti tutti, tranne lei?"

"Come ci si sente a essere l'unico sopravvissuto di quell'incidente?"

Le domande arrivarono a raffica. Cali avvertì la tensione di Grant. Gli passò un braccio attorno alla vita e lo strinse, cercando di dargli appoggio mentre un microfono la colpiva sulla guancia, spinto da una giornalista che cercava di raggiungere Grant.

"Basta così," sbraitò Levi, frapponendosi tra loro e i giornalisti. "Indietro, tutti quanti. È un ordine." Quando nessuno parve dargli retta, ruggì: "Ho detto indietro. *Subito.*"

Tutti si affrettarono a indietreggiare di un paio di passi. Nonostante avesse il cuore in gola, Cali rimase stupita dal comportamento di suo fratello. Levi aveva un'aria ferocemente protettiva in quel momento.

"Ora, se volete fare delle domande al signor Ellington, lo farete in buon ordine, o vi caccerò da quest'isola così in fretta da farvi girare la testa. È tutto chiaro?"

CAPITOLO DICIANNOVE

Non avevano avuto modo di parlare molto dopo l'incidente, non coi giornalisti e la folla che li tempestavano di domande. Alcune di quelle dei reporter erano state molto invadenti, incentrate sul dolore che Grant aveva sofferto e sulla perdita e il lutto che si portava dietro. Ma la folla, i suoi fans, gli avevano chiesto del dipinto, degli animali marini che lui adorava raffigurare, e Cali lo aveva visto prendere vita durante quei momenti. Ma temeva che le domande sull'incidente lo avessero colpito duramente; quando erano terminate, Grant era tornato al lavoro.

Ore dopo, l'uomo scese dall'impalcatura dove aveva lavorato su un banco di seriole che guizzavano tra i coralli dai colori brillanti. Le diede un bacio distratto e le appoggiò il palmo della mano contro una guancia.

"È stata una giornata lunga," mormorò, per poi dirigersi verso camera sua e andare a dormire.

Cali avrebbe voluto seguirlo, ma non lo fece. La giornata, il calore, l'intensità dello sforzo artistico, tutto ciò aveva lasciato Grant esausto e sconvolto. Aveva bisogno di dormire. L'indomani sarebbe stato meglio.

Cali trascorse una notte insonne seduta fuori dal suo bungalow, sdraiata nella sedia a dondolo del patio mentre ascoltava il rumore delle onde e pensava alla sua vita. E a Grant. E a come sarebbe stato vivere senza di lui quando se ne sarebbe andato.

Venerdì, la folla tornò alla carica al pieno delle forze, proprio come aveva preannunciato Grant, perché la gente voleva vedere il lavoro finito. Ci aveva visto giusto. Con un po' di fortuna, l'opera sarebbe stata finita entro la sera. Levi e il dipartimento di polizia di

Windswept Bay si accertarono che l'ordine venisse mantenuto.

Nonostante il caos che li circondava, Cali guardò assieme alla folla mentre Grant e Jax apportavano gli ultimi ritocchi a quella magnifica opera d'arte. Il risultato finale la lasciò senza fiato.

Una splendida, brillante scogliera cominciava al primo piano dell'edificio e risaliva lungo un fianco, con pesci dai colori accesi che saettavano dentro e fuori dal corallo variopinto. Ogni giorno, il livello inferiore del murale era cresciuto a ogni pennellata di Grant e di Jax. Il livello di dettaglio era affascinante. Jax aveva un grande talento, proprio come Grant aveva intuito, e aveva lavorato senza sosta su quelle sezioni dopo che Grant era passato alle zone successive. Lì aveva dipinto i delfini, cinque in tutto, giocosi e adorabili mentre si tuffavano e nuotavano nell'acqua screziata dal sole al di sotto della superficie. Sembravano talmente reali da essere incredibili. E il tutto era più di quanto lei avesse mai immaginato.

Grant era già al lavoro quando Cali era arrivata quella mattina. Diversamente dalla sera prima, sembrava felice e trascorse un po' di tempo a parlare con chiunque gli facesse delle domande. L'intensità era svanita, come se ora che era arrivato alla fine gli fosse possibile rilassarsi e godersi la sua creazione quanto coloro che lo guardavano.

Cali lo amava.

C'erano in lui una gentilezza e una passione che lei avrebbe voluto abbracciare con tutto il proprio cuore. Doveva semplicemente fidarsi di se stessa.

Quando l'ultimo riflesso del murale fu concluso e Grant e Jax lo firmarono, la folla esultò e Cali scoppiò a piangere.

Shar la raggiunse e le diede di gomito. "Spero che tu non abbia intenzione di lasciare che quell'uomo se ne vada senza dirgli che lo ami."

Cali sospirò. "È così ovvio?"

La sua insolente e ardita sorella rise. "C'è sempre stato qualcosa, fin dall'inizio. Non avrei insistito con te se non me ne fossi accorta."

Jillian, che fino a quel momento era rimasta

accanto a Shar, venne a passare un braccio attorno alla vita di Cali. "È l'uomo giusto per te; vale la pena lottare contro i tuoi limiti pur di tenerlo. Non credi?"

Cali annuì. Era vero. "Auguratemi buona fortuna."

"Come se tu ne avessi bisogno," mormorò Shar. "Vai."

Jillian ridacchiò. "Sì, vai."

Lo stomaco di Cali era tutto annodato mentre attraversava la sabbia in direzione di Grant. Anche lui si era incamminato verso di lei; si incontrarono a metà strada. Prima di perdere il coraggio, Cali lo abbracciò. "Ti amo, Grant. E non voglio che tu te ne vada, ma non so cosa fare."

L'uomo le sorrise e lei pensò che non c'era nulla al mondo, nemmeno i suoi murali, paragonabile alle profondità dei suoi occhi azzurri.

Con un movimento rapido, Grant la sollevò tra le braccia e la folla esultò di nuovo.

"Ti amo, Cali, e non andrò da nessuna parte. Il tuo amore era tutto quello di cui avevo bisogno. Penseremo dopo al resto. Ma adoro la tua isola. Quando sono arrivato qui, stavo attraversando un periodo buio della mia vita. Credo che entrambi stessimo cercando di restare a galla, esistendo invece di vivere. Tu e la tua dolcezza mi avete rianimato, e io spero di aver aiutato te. Casa mia è qui, Cali, con te."

Il cuore di Cali era colmo di emozioni. Grant aveva ragione: sull'isola, lei era a casa, ma fino a quando Grant non era arrivato, la sua vita era stata un susseguirsi di automatismi. Era stato lui a riportare il colore nella sua vita.

Il colore e l'amore. "Baciami ancora e dimmi che mi ami." Nel dirlo, avvicinò la testa dell'uomo alla propria.

Grant fece una pausa. "Lo sentirai molte volte, da questo momento in poi per il resto della tua vita. Ti amo, Cali." Poi abbassò la testa e la baciò fino lasciarla senza respiro.

E quello era solo l'inizio.

Altri Volumi Della Serie Di Windswept Bay

DA QUALCHE PARTE CON TE (Volume 2)

La sfacciata, supponente Shar Sinclair ha la passione per le tartarughe marine che soccorre nella zona di Windswept Bay ed è altrettanto bisognosa di libertà quanto lo sono loro. È felice della sua vita, dedicata ad aiutare nella gestione del resort di famiglia e a occuparsi della fauna che la circonda. Ma a volte rimpiange di non avere qualcuno con cui condividere la sua passione, in tutti i sensi. Eppure, ciò potrebbe significare rinunciare a parte della sua libertà, e lei non è sicura che potrebbe mai fare una cosa del genere per qualcuno…

Gage Lancaster è un milionario che si è fatto da solo ed è abituato ad avere ciò che vuole, ma negli ultimi tempi nella sua vita c'è un vuoto, un'irrequietezza, che lui non sembra in grado di colmare. Durante una visita a Windswept Bay, Gage nota una bella donna sulla spiaggia, intenta a cercare di liberare una tartaruga di mare rimasta intrappolata in una lenza, e va ad aiutarla. L'uomo rimane affascinato dal fuoco e dalla passione che si irradiano da Shar e capisce subito di volerla. Ma questa potrebbe essere l'unica occasione in cui ciò che desidera è fuori dalla sua portata.

Volano scintille sulle spettacolari spiagge e le scintillanti acque blu della romantica Windswept Bay mentre Gage e Shar affrontano la loro attrazione reciproca. Gage è deciso, questa volta, a fare tutto il necessario per avere ciò che vuole. Ma Shar riuscirà ad aprirgli il suo cuore? E lui riuscirà a convincere Shar che l'amore non significa catene... ma una vita trascorsa accanto alla persona amata?

CON QUESTO BACIO (Volume 3)

Un bacio è solo un bacio... o così dicono. Ma io non sono d'accordo: questo bacio può cambiare una vita. Ha cambiato la mia.

Siete ufficialmente invitati al matrimonio di Shar Sinclair con l'uomo dei suoi sogni, Gage Lancaster... sempre che lo sposo si presenti alla cerimonia.

Che fine ha fatto Gage?

Manca solo un'ora all'inizio della cerimonia e nessuno ha notizie di Gage, che non risponde nemmeno al telefono. Shar è pronta ad andare in cerca del suo uomo, perché è evidente che qualcosa non va.

Dopo aver ricevuto il messaggio che stava aspettando da un investigatore privato, Gage non può fare a meno di fare una deviazione importantissima mentre si dirige al suo matrimonio.

Ma la situazione sfugge presto al controllo e tutto, nella giornata delle nozze, sta per cambiare...

ADESSO E PER SEMPRE (Volume 4)

L'addetta alle relazioni pubbliche Olivia Sinclair è

stata lontana da Windswept Bay per anni, impegnata ad aiutare l'élite di Hollywood a sfuggire a uno scandalo dopo l'altro. Ma ora è lei ad aver fatto scalpore e a trovarsi sulle pagine di tutti i giornali scandalistici. All'improvviso, tornare a casa a Windswept Bay e mantenere un basso profilo sembra proprio il consiglio migliore che Olivia potrebbe dare a se stessa.

La vita del barcaiolo Brandon "BJ" McCall ha appena subito un cambiamento profondo. Brandon ha appena scoperto di avere un fratello e di aver ereditato milioni; una situazione complicata… anche perché i suoi sentimenti riguardo a entrambe le situazioni sono piuttosto ambivalenti. Ma salvare una bella donna con un pigiamino di Pink Kitty è una complicazione per lui piacevole.

Essere salvata da uno sconosciuto che potrebbe rivaleggiare con uno qualunque dei suoi clienti di Hollywood non è esattamente ciò che Olivia aveva in mente quando è venuta a casa a nascondersi. Innamorarsi di un tizio che, come poi ha scoperto, sarebbe materiale perfetto per i tabloid non è certo una mossa saggia per una come lei: sta cercando di levarsi dalle copertine delle riviste scandalistiche, non di prendervi posto in pianta stabile!

Ma la situazione è complicata.
Soprattutto sulle spiagge di Windswept Bay, dove il romanticismo è nell'aria e l'amore è una complicazione che potrebbe anche essere impossibile da contrastare.

ASPETTANDO L'AMORE (Volume 5)

Jillian Sinclair ha bisogno di un uomo e ne ha bisogno subito. Sogna di diventare madre, ma il suo medico le ha appena dato una cattiva notizia: se ha intenzione di restare incinta, non le rimane molto tempo. Jillian vorrebbe trovare il vero amore, come le sue sorelle, ma si ritroverà forse costretta ad accontentarsi di qualcosa di meno pur di avere il figlio che desidera? L'ultima cosa di cui ha bisogno è che l'unico uomo che abbia mai amato e che ha perduto torni in città.

Il poliziotto sotto copertura Ryan Locke è di nuovo a Windswept Bay, ma quanto vi resterà? Ha spezzato il cuore di Jillian quando le ha preferito la sua carriera. Può Ryan essere la risposta alle preghiere di Jillian, o la sua dedizione alla giustizia glielo porterà via un'altra volta?

Non perdetevi il nuovo episodio della serie di Windswept Bay… innamoratevi ancora una volta delle spiagge assolate della splendida costa della Florida…

L'autrice

Scrittrice di best-seller, Debra Clopton ha venduto oltre due milioni e mezzo di copie. Scrive romanzi dolci, contemporanei e western, ambientati in Texas e sulle spiagge della Florida. Le sue serie sono pulite e adatte a tutti; inoltre, Debra scrive anche romanzi motivanti di ispirazione cristiana. Debra è nota per i suoi dialoghi vivaci, per i suoi eroici cowboy e le sue eroine esuberanti. Ha ottenuto riconoscimenti come il "The Book Sellers Best", il "Romantic Times Magazine's Book of the Year", il "Reader's Choice Awards" e molti altri. È stata inoltre finalista del premio "Golden Heart", organizzato dalla Romance Writers of America, e tre volte finalista del "Carol Award" dell'American Christian Fiction Writers. Texana di sesta generazione, Debra vive in un ranch in Texas con suo marito Chuck. Adora viaggiare e trascorrere del tempo con la sua famiglia. Ha scritto per la Harlequin e per Harper Collins Christian e ora pubblica con la DCP Publishing. È entusiasta di scrivere per la DCP Publishing e di vedere i suoi libri venduti in tutto il mondo.

Debra adora aiutare le persone a sorridere con le sue storie divertenti e dal ritmo concitato.

Visitate il sito di Debra: www.debraclopton.com
Date un'occhiata alla sua pagina Facebook: www.facebook.com/debra.clopton.5
Seguitela su Twitter: www.twitter.com/debraclopton
Contattatela all'indirizzo Debraclopton@yamil.com
Iscrivetevi alla newsletter di Debra e partecipate ai contest a www.debraclopton.com/contest